松开过去的自己·改变一生的结果

我记得你说过的每句美好

WO JIDE NI SHUOGUO DE
MEI JU MEIHAO

《意林》编辑部 编

吉林摄影出版社
·长春·

图书在版编目（CIP）数据

我记得你说过的每句美好 /《意林》编辑部编. -- 长春：吉林摄影出版社，2016.3
（多味之恋）
ISBN 978-7-5498-2511-0

Ⅰ.①我… Ⅱ.①意… Ⅲ.①短篇小说－小说集－中国－当代 Ⅳ.①I247.7

中国版本图书馆CIP数据核字(2016)第045323号

我记得你说过的每句美好　WO JIDE NI SHUOGUO DE MEI JU MEIHAO

项目出品	意林松果阅读
出 版 人	孙洪军
主　　编	顾　平　杜普洲
责任编辑	施　岚　胡晓路
总 策 划	蔡　燕
丛书统筹	黄　磊
策划编辑	黄　磊
特约编辑	刘思遥
设计总监	资　源
封面设计	资　源
美术编辑	孔凡雷
发行总监	李振红
开　　本	880mm×1230mm 1/32
字　　数	280千字
印　　张	8
版　　次	2016年3月第1版
印　　次	2016年3月第1次印刷

出　　版	吉林摄影出版社
发　　行	吉林摄影出版社
地　　址	长春市泰来街1825号
	邮　编：130062
电　　话	总编办　0431-86012616
	发行科　0431-86012602
网　　址	www.jlsycbs.net
经　　销	全国各地新华书店
印　　刷	北京市兆成印刷有限责任公司

书　　号　ISBN 978-7-5498-2511-0　　　定　价：29.80 元

启　事

　　本书编选时参阅了部分报刊和著作，我们未能与部分作品的文字作者、漫画作者以及插画作者取得联系，在此深表歉意。请各位作者见到本书后及时与我们联系，以便按国家相关规定支付稿酬及赠送样书。

　　地址：北京市朝阳区南磨房路3七号华腾北搪商务大厦1501室《意林》编辑部（100022）
　　电话：010-51908602

版权所有　翻印必究
（如发现印装质量问题，请与承印厂联系退换）

序

写就是了

我第一次上刊,已经是十年前的事情了,每当这个念头从我的脑海中飘过,我总会有点儿心悸。

十年的时间,如果种一棵树,它可以长多高?

我想,或许对于我来说,写作就是十年前我亲手种下的那棵树苗。

十七岁的夏天,我在湖南某座小城市上高中,极其普通的面貌和极其普通的学习成绩,也曾有过自暴自弃的时段,在最后一排的座位,上课和同桌下跳棋(至今不知道那盒棋是从哪里来的),班主任从后门走进来,一言不发地端起棋盘,"哗啦哗啦",玻璃弹珠通通滚落进垃圾桶。

如果说在那个时候,我能够预计到未来十年我的命运轨迹和人生走向,那是不切实际的。

我经常会翻看我的微博私信,有很多年轻的小孩儿在私信中倾诉自己的困扰,除了情感上的困惑之外,他们问得最多的问题便是,"我想写东西,要怎么才能写好,如果想成为像姐姐这样的作家,我应该怎么做"。

在面对这些问题的时候,我往往不知道该如何回答——因为这些问题的答案,是不能被借鉴的,别人的经验对于你,无法起到决定性的作用。

序

所以我只能说,如果你喜欢写作,那么,写就是了。

至于未来的事情,我和你们一样,只能交给时间。

我有一位设计师好友,她曾经说过:"我每做一个设计,没有做得特别好的时候,就会陷入自我怀疑,觉得自己已经江郎才尽,完蛋了,但一旦我做好了,又会觉得自己是个天才。"

然后她问我:"你害不害怕一直写下去总有一天会写不出来?"

我诚实地告诉她,我在写每一本书的时候,都做好了准备,这或许是我能够写的最后一本书了。

如果才华只是一种天赋,那你不知道上天将在何时收回,在此之前,唯有拼尽全力去做你想做的事情,因为你不知道或许哪一天,你文思枯竭,再也写不出一个字。

很感谢《意林》杂志邀请我参加"我与名家共写作"这个活动,更高兴的是在这个活动中看到了许许多多对文字有热爱,对创作有热情的新作者。

从某种程度上说,我们都只是在传承着前辈们流传下来的东西,我们既不是第一个用中文写作的人,也不是最后一个,文学的长河中充满丰盛的瑰宝,能够在有生之年尽情地去看、去写,对于我这样渺小的存在而言,已经是非常幸福的事情。

目录

我记得你说过的每句美好

曾经的它

她住在玻璃的孤岛上 戴帽子的鱼	003
时光摩天轮 张芸欣	013
朝夕 墨小芭	033
彼岸的风景 独木舟	049
第八条校规 韩十三	069
夹页中的枯蔷薇 橘文泠	083
蜡梅街初雪 凌霜降	105
恋如风花 林笛儿	117
白色旅馆 沈嘉柯	135
哥本哈根没有童话 七微	143

目录 我记得你说过的每句美好

彼岸 156　此岸 157

青春魅族

带我走,去遇远的星球　那夏　林羽尘　木樱诺
好狗Zippo　是今　杨洋 160
 165

奇幻校园

被仰望的星星　籽月　少司命 171
云喜的秘密　七微　木木 177
第八条校规　韩十三　陈亚琳 183
恋如风花　林笛儿　林羽尘 189
约定　朱品燕　林间清歌 195

记忆碎片

朋友　彭湃　墨羽 202
朝夕　墨小芭　沈锁锁 208
记忆的坐标　黄春华　午夜风暴 213
蜡梅街初雪　凌霜降　青衫磊落 219
时光摩天轮　张芸欣　刘亚艳 225

绯色街角

甲甲瘦身家园　陈麒凌　秋小闲 232
夹页中的枯蔷薇　橘文泠　Player 239
她住在玻璃的孤岛上　戴帽子的鱼　苏浅浅 244

曾经的它

她住在玻璃的孤岛上

文／戴帽子的鱼

> 她似一个谜英，但我不必追究太多。我只需要知道，她是个善良的女孩，值得我对她好。她若生病，我心甘情愿地照顾；她若被欺负，我不假思索地站出来；她若需要帮助，我第一时间伸出援手。
>
> ——戴帽子的鱼

  我与KK初次相遇，是在一辆公交车上。

  正是客流高峰期，在永和站下车的人很多，我站在后门边上，像块面团一样被人疯狂挤压。KK本来貌不惊人，沧海中一粟般毫不起眼儿，但是她突然大吼一声："抓小偷！"声音清亮无比，乱糟糟的人流竟然暂时停顿了一会儿，大家都注意到她凛然的表情。而一个瘦小的青年像土拨鼠钻地一样拼命地朝后门挤过去，另一名威猛的中年男子不动声色地逼近她，袖口露出一截刀尖，暗示她不要多管闲事。

  KK没有退缩，她手里抱着一本厚厚的书，直接砸到中年男子的脸上，然后冲向瘦小青年，从他口袋里搜出我的钱包，打开一看，里面除了我的身份证和学生证再无其他。她重重地踩了那青年一脚，恶狠狠地问："里面的钱呢？"而那青年看着我，一副倒大霉的懊恼样。

  "那个……"我摸摸鼻子，声如蚊蚋，"里面的确没有钱。"

  我刚上大学，家里为学费已经焦头烂额，我只能自己打零工赚生活费，过得十分拮据。

  KK和我一起把小偷扭送到附近的派出所。我看着大汗淋漓的她，觉得十分不好意思，有心请她吃饭道谢，但是身上又没钱，于是尴尬地站在原地，一阵脸红。

  "你是大学生啊？"她眯着眼睛打量我，忽然说，"你需要找兼

职吗？"

"当然！"我急忙答道。

KK给我介绍的工作，我做梦也想不到是在她的书店里打工。强调一下，是她的店！她不过是个十八岁的小女生，竟然在实验中学附近拥有一家自己的书店。

"我平日经常外出，正好缺个人帮我看店。"她打开紧闭的卷帘门，我吃惊地望向里面，本来以为是苍蝇般的小店，结果这里足足有一百平方米，不仅书柜是玻璃的，墙壁上还用了许多玻璃装饰，这是一间梦幻的玻璃书屋。

在KK的书店工作很轻松，她为人大大咧咧，从不斤斤计较，而且常跑出去，每日回来也不与我核账，仿佛对于我这个她从公交车上捡来的陌生人十分放心。我心里对她感激无比，起先看书店利润不高，很主动地做了一份整改方案，比如不能纵容顾客蹭书看。但是KK翻了几页便打了个哈欠，淡淡地说："无所谓。"我才知道KK对经营不太上心，仿佛书店只是她的一个兴趣爱好，不一定要以此谋利。

大概她家里很富裕？我猜测，可又觉得不是。她平日穿的用的都是便宜货，从没见她买过什么奢侈品。而KK也根本不对我提起她家里的事。她像一阵风，独自穿梭在这个世界之中。

她似一个谜茧，但我不必追究太多，我只需要知道，她是个善良的女孩，值得我对她好。她若生病，我心甘情愿地照顾；她若被欺负，我不假思索地站出来；她若需要帮助，我第一时间伸出援手。

相处久了，我渐渐摸清KK的行踪，就算事情再忙，每周日晚上她一定会出现。店里的玻璃虽然好看，却很容易弄脏。周日晚上，她会认真地一片一片擦干净，一般是先哈一口温暖的热气，然后用抹布慢慢地擦拭。这样打扫完整个书店，通常已耗去大半个晚上。

当她面对玻璃时，我总察觉到她怀着不一样的情愫，仿佛她对玻璃有一种特别深刻的感情。

这一晚，她就直接睡在书店里，从柜台下拖出一张折叠床，摆在书店中央，对我道句"晚安"。等我走出门口，书店的灯也灭了，我在门口悄声祝她有个好梦。第二日我提了豆浆和油条早早来上班，她还睡着，嘴角带着笑，却让我生出一种可怜的感觉。

我们一起擦玻璃的第七个晚上，KK晕倒了。那时，她正站在梯子上，身子一软，忽然向前倒，压着玻璃书柜一起砸到地上，她倒在一地的玻璃碴儿上，血染的样子十分骇人。而随着多米诺骨牌效应，书店里的书柜一个接一个倒下，末日般惨烈。

KK在医院醒来，抿着一根盒装纯牛奶的吸管，面色苍白，看上去像刚产下的白色小猫。

我已经问清始末，她今天下午去献血了，但是没有好好休息，晚上站在木梯上，忽然一阵眩晕。

"玻璃都碎了吗？"她仰着头，很担心地问我。

我艰难地点点头，注意到她的眸子刹那间暗淡无光，便试图转移话题，问她家人的联系方式。

"家人？"她喃喃数次，绽开一个微弱的笑容，很小声地说，"我的家人，就是玻璃。"

我想到书店里遍地的破碎光芒，心猛然抽痛。模糊的泪光里，仿佛看到一座玻璃孤岛上站着一个孤立无援的少女。

"为什么？"

KK的小脸苍白得透明，她真的是玻璃的女儿吗？

凡是很难过的事，KK总是喜欢笑着说。这是我和她相处以来发现的她的习惯。这时，她笑得比以往任何一次都要灿烂。"因为我是试管婴儿啊！我在玻璃器皿里形成胚胎，然后移植到妈妈的身体里。"

多年以前，KK的父母渴望有个小孩儿，却一直没有结果，于是走

遍了全国各地的医院，最终决定接受试管婴儿，直到第三次才成功。他们欣喜若狂，把KK的出生当作上天最大的恩赐。KK的童年几乎完美无缺，任何玩具只要她多看了一眼，父母马上买给她。不管她做了什么错事，父母依然温柔。

可是在她十六岁时，感情破裂的父母决定离婚。不久，父亲再娶，母亲再嫁，继父和继母都带来一个漂亮的娃娃。再组家庭的父母仿佛忘记了KK，忘记他们曾如何渴望她的降临。她在两个家庭里颠沛流离，待一个月就去另一家。他们似乎对她很愧疚，所以在金钱方面对她很慷慨。当KK十八岁高中毕业，他们一人拿出一大笔钱，打算送她去国外留学。在KK眼中，这更像一场放逐。她没有去留学，而是躲起来开了一家玻璃书店。

也许因为在玻璃器皿里形成，所以她特别迷恋透明的玻璃。

她知道关于玻璃的一切。玻璃在还没有流行以前，是很珍贵的东西。据说，意大利曾经为了保密玻璃制造技术，把所有的制造玻璃的工匠集中起来，送到一座与世隔绝的孤岛生产玻璃，他们终生不能离岛。直到十七世纪，制作大块玻璃的工艺出现，玻璃成了普通的物品。

翌日，我去接KK出院，发现她不在病房里，我根据护士的提示找过去，看到她正在一群穿着病号服的小孩儿中唱歌。其中一个光头小女孩对她很熟悉，像树袋熊一样趴在她身上。

KK见到我，招呼我过来讲个故事。我讲我的故乡大草原，说我还在襁褓中时，被一只老鹰抓起来，飞了一阵，幸亏我妈反应迅速，捡起一块石头砸中老鹰，然后接住从空中掉下的我。

KK在孩子群里笑得东倒西歪。

我们走的时候，小孩子依依不舍，那个小女孩一直问KK什么时候再来。KK刮一下她的鼻子，说："我们不是每周都来吗？要听医生的话，乖乖吃药，乖乖治病哦！"

我才知道，KK经常不在书店，是去参加各种各样的志愿者活动。我想到她的身世，她本来不会存在于这个世界上，却被科技改变了命运。而她既然来到这个世界，却又不被好好珍惜。她本来有足够的理由对这个世界抱有恶意，却最终选择释放善意。

"你说，这个世界需要我吗？"KK问，我还没来得及回答，她便自己说下去了，"我做这么多事，只是想感受到这个世界是需要我的。"

谈话间，我们已经回到了书店。她在门口挂了"书店整修，暂停营业"的牌子。

白天看，书店里更混乱，到处都是乱糟糟的书和尖锐的玻璃碎片。

"我会请保洁公司来清扫，新的玻璃书柜大概要一个月才能运到。书店重新营业后，我再通知你来上班。如果这期间你找到其他工作要辞职的话，只需要提前跟我说一声。"

说完这句话后，KK就再也没联系我。

一个月后，我仍然没收到KK让我回去上班的消息，我不安地回到书店，看到工人们正在挂招牌，不再是书店，而是一家连锁蛋糕店。我上前一问，原来连店主都换了。

我感觉KK不会是一声不吭便关门大吉的人，可是她的手机打不通，发短信不回。万般无奈之下，我想到医院里那个和她好像很熟的光头小女孩。

"KK姐姐……"小女孩一副快哭的样子，"我的病治了很久都没治好，爸爸说家里没钱了，只能让我出院，可是KK姐姐看到了，她捐了一大笔钱出来，然后就再也没来过。"

我想到已经易主的书店，想到KK说"只是想感受到这个世界是需要我

的",想到一个瘦小而年轻的女孩竟然有这样盛大的勇气,便觉得内心犹如有一千根针刺着,很疼。

我以为我再也见不到KK了,一年又一年,直到大四那年,我到珠海的一家工厂里实习。我是一个车间的质量监督员,负责一百号人流水线作业的抽样检查。

车间的空气不好,我常常待不久便觉得胸闷,更别提那些一站就一整天的工人。他们都穿着清一色的工装,因为这里只强调效率和质量,不允许多作攀谈,几乎人人面无表情。我来了一个星期都没有认识几个人。

有一天A区忽然传来一阵惊呼,天花板上的风扇掉下来,一个女孩推开风扇正下方的人,腿被砸伤了。我跑过去抱起对方,一看便愣住了,竟然是KK。

她亦没有想到我们会以这种方式再相遇,眼神复杂。

她的伤并不严重,只需要休养几天。我每天都去看她,说起她不告而别的日子里发生的事,比如在她走后,我经常去看那个光头小女孩,她等到了合适的骨髓,准备做移植手术,以后会健康长大。

KK的脸上浮起一抹喜色,不过很快又涌上痛苦。

面对我的快乐,她泼下一盆冷水:"其实我不像你想的那样美好。"

这是她南下的原因。

以前,她常常偷跑到弟弟就读的小学附近,看妈妈来接弟弟放学。无他,只是想怀念下以前自己放学时快乐地冲进妈妈怀抱里的时光。书店整修期间,她去得越来越频繁。有一天,妈妈很晚都没来,弟弟站在学校门口焦急地左顾右盼,一个陌生的叔叔和他打了个招呼,他疑惑地跟着叔叔走到附近的停车场。她远远看着,看到弟弟到偏僻的停车场后往车里看了一眼就不愿意上车,剧烈地挣扎。她本来想出声喝止，可是就在那一刻，弟弟的脚蹬碎了车窗玻璃，她看着布满裂纹的玻璃，迟疑了一瞬。那一瞬后，车已经驶远。

那一瞬间，她不是我熟悉的KK。

她小心翼翼地问："我不敢告诉任何人，我回到家里，也像才知道一样难过。我到处寻找线索，查到网上有人在珠海见过他，于是来到这里，一边工作，一边找他。你是不是对我很失望？"

看着KK清澈的目光，我无法撒谎，轻轻地点了点头，但是我接着说："即使玻璃是透明的，最初也不过是普通的沙子。我不在乎曾经，只在乎结果。"

我开始陪KK寻找她的弟弟，我们四处发传单，在报纸上登广告。我们跟着警方找出不少小孩儿，但其中没有KK的弟弟。有时，KK会被一些被拐小孩儿失去生命的社会新闻吓得瑟瑟发抖，却堵住嘴巴不哭出声音。

十二月的时候，我带KK去看冬天的海，海看起来阴暗暴躁。我一个不注意，她便跳进海里，在冰冷刺骨的海水里拼命地游泳，仿佛直到筋疲力尽才能忘记忧伤。

我为她挤干头发上的海水，轻声建议："KK，我们回去吧。小光头的骨髓移植手术成功了，一直想再见你一面。"

KK咬唇说好。

我们登上漫长的旅程，抵达雪中的城市，提了一堆营养品，去医院看望光头小女孩。小女孩换病房了，我去护士站询问的时候，KK在大厅里等我。等我回去的时候，她又不见了！

我很怕，怕这次不见又是数年，在医院里上上下下地找她，最终在路过洗手间时，听见一名走出来的清洁工嘀咕着："这小女孩有什么伤心事啊？怎么在里面哭了那么久？"

等到洗手间里没有其他人，我才冲进去，拍着里面传来哭泣声的

那扇门。

KK哽咽地告诉我,她在大厅看到妈妈拉着弟弟的手来排队挂号。妈妈知道她在四处找弟弟,竟然没有告诉她弟弟回来了,任凭她在外流浪。

妈妈没有看见她,但弟弟看见了,偷偷跑到她面前,嫌恶地说:"那天,我从车上的后视镜里看到你了,你明明在那里,却没有帮我。我被警察救回来后,告诉妈妈,妈妈气坏了,一直说你本来就不该存在于这个世界上,所以,麻烦你消失好不好?"

KK决定离开。光头女孩的爸爸见KK回来,硬塞给她一张银行卡,里面存着当初KK给他们的钱。在女孩病情最严重的时候,他们打算放弃,KK的帮助让他们坚持下来,终于等到了幸福的结局。现在,他们卖了房子,凑足了钱,还给KK。

KK说,她要去玻璃的城市,北海道西南部的小樽。小樽最出名的是玻璃工业,那里有一座玻璃工房,游客可以在里面看到玻璃的制造工序,还能自己参与制作。

我回学校准备毕业论文,毕业的时候,收到KK寄来的一件礼物,是一件玻璃工艺品,用一片片很小的不同颜色的玻璃片贴成一个立体的心,我数了数,一共有七种颜色。

KK在信上说,普通的玻璃加入不同的金属氧化物,就能呈现不同的颜色。加入氧化铬,玻璃就会是绿色的;加入氧化钴,玻璃就会是蓝色的;加入二氧化锰,玻璃就会是紫色的……

"我本来是一块普通的玻璃,透明得几乎没有存在感,遇见你,才拥有了斑斓的颜色。"

我记住了来信的地址,着手申请留学的奖学金。

多年以前,意大利的玻璃工匠最终离开那座岛,多年以后,她不会永远一个人住在玻璃的孤岛上。

011

时光摩天轮

文 / 张芸欣

　　走到游乐场门口的时候，李雷回头又望了一眼摩天轮，那样一个留在时光里不停来回转动的摩天轮接纳了一个又一个游客。她知道，那是赵晓留给她的最美好的心愿和时光。那些她曾经耿耿于怀的真相，都不及一个真心待她的朋友来得重要。

——张芸欣

【1】

去稻城的那个初秋，天空下了一点儿小雨。闪电落在风中，穿过云层，像是要把天幕撕开一道口子。

稻城并不是位于亚丁的那座高原，它只是江南的某个如烟小城，这两年才改的名字，不是出名的旅游景点，小得在地图上几乎找不到它的位置，并没有多少人知晓。

李蜜知道这个地方，是在一个叫"走游"的旅游网站上，她本来只是随便逛逛，却被右下角弹出来的对话框吸引了眼球。

江南稻城——回到过去的摩天轮。

回到过去。这几个字像是有某种巨大的吸引力，让长期深陷困惑的李蜜有了一种说不清道不明的兴奋。

她看着躺在病床上已经整整三个月的未婚夫肯加，他的面容俊朗无比，长长的睫毛、微微闭起的双眼，就像睡着的安琪儿。

如果不是因为躺在医院，没有人相信肯加是一个不会说话的植物人。

肯加是在他们结婚前三天出的车祸，在他出车祸前，他们还一起讨论要去哪里度蜜月，她想去爱琴海，可是他想去撒哈拉或者埃及。李蜜喜欢浪漫，而肯加向往神秘。为这件事他们争执了很久，几乎闹

到不可开交的地步，最后还是她的闺密赵晓出面说服了肯加。

肯加和赵晓都是她的大学同学，开始她从未想过肯加会来追她。肯加是学校生物系教授的外孙，打一手好网球，长得英俊潇洒，每次考试都是全系第一。天之骄子莫过于此。

而李蜜只是大学里的女同学中最普通的一个，长直的黑发，喜欢穿素白的长裙，在人群里默不作声，无论别人说什么她都是恬静地微笑。

所以，当赵晓告诉李蜜肯加喜欢她的时候，她还是非常吃惊的，肯加啊，那是让半个海大女同学都疯狂的运动才子，怎么可能会喜欢自己呢？

可是当肯加端着李蜜最爱吃的红豆冰在她的宿舍楼下跟她表白的时候，她终于相信传言的真实。爱情来得就是这么简单，他们恋爱、毕业、工作、谈婚论嫁。事情进行得非常顺遂，顺遂到李蜜常常觉得老天对她是眷顾和疼爱的。

如果肯加没有出车祸，如果不是在车祸现场有人拍到肯加紧紧握着赵晓的手，她会一直相信自己是这世界上最幸福的女人。

他们出车祸的地方是加塞的一个公路口，那个方向是去往亚城的。车上放了两个人的行李和包，东西很齐全，像是两个人商量好了要去私奔。

李蜜周围的人都觉得唏嘘，在背后纷纷揣度发生了什么事，包括李蜜自己。她很想知道赵晓和肯加一起要去哪里，他们是不是背叛了自己？为什么一声不吭地就离开，可是赵晓在车祸中丧生，而肯加成了植物人。

这件事成了一个巨大的谜，每天夜里李蜜都在这个谜团里睡着，梦到肯加，梦到赵晓，她不停地追着他们，却怎么也追不到。

就在这个时候，她看到了来自"走游"的对稻城摩天轮的介绍。

内容很简单：每个月的十七号凌晨两点半的时候到达摩天轮的最高点，就能回到过去。

很多人留言说这是为了宣传所做的广告，哪个傻子会相信这些话。

可是李蜜相信。

人在最绝望的时候，哪怕只有一根稻草都要牢牢抓住，哪怕只是一个无稽的传说。

火车开了八个小时，终于在夜里到达稻城，这是一座人迹罕至的小城，火车站年久破落，空气里散发着一股说不出的霉味。

李蜜拦了辆车，司机问："去哪儿？"

"摩天轮。"

"居然还有人敢来坐这个摩天轮，你也算胆子大了。"司机阴森森地笑着，让人毛骨悚然。

李蜜望了望车窗外，远远地就能看到那座闪着灯的摩天轮，二十四小时开启的摩天轮璀璨七彩，灯光迷离，在这个黑幕下像是要把人迷得睁不开眼。

下了车，那一节一节由五颜六色的小箱体组合成的七彩摩天轮赫然矗立在眼前，空中还在下着小雨，落在摩天轮上，顺着边缘淌下透明的水滴。

突然——城楼的钟声响了，几只白鸽扑棱棱飞起，李蜜看了看时间，离两点半还有十五分钟。她一抬头，一时之间，彩色的摩天轮变成了滔天的血红。那落在摩天轮上的雨水仿佛身体上流下的血。周围漆黑一片，路边没有一个人，风呼呼地吹，几乎要把李蜜手里的雨伞掀翻。

有一个声音慢悠悠地传来："你还上不上去？"

她转过头，看到那个声音的主人此刻正穿着一件大红色的雨衣，

露出一截苍白而枯瘦的手,帮她打开一节车门。

李蜜对上她的脸,那是一张画着油彩鬼脸的脸庞,脸上的皱纹伴随着她的嘴唇微微抖动,大片大片的雨落在她的身上,映出她猩红的令人骇然的眼,她幽幽地说道:"再不上去,可就来不及了。"

李蜜紧紧地抓着背包,握紧了手,一头钻进了那节泛着重重油彩的红色摩天轮车厢中……

【2】

早春的气息带着一股淡淡的诗意,绣球花次第而开,实验楼的钟声敲响了三遍,偌大的校园内人潮涌动,带着新鲜的气息,迎面而来。

李蜜站在人群里,认真地寻望了一下四周,场景如此熟悉,是她读了四年的大学。

她不知道摩天轮为何会把她带到她曾经就读的大学里来,她心里明明最渴望的是回到三个月前,肯加出车祸之前。

李蜜一抬眼,看到迎面走来两个女孩。

两个女孩亲密无间地挽着手,有说有笑仿佛一对姐妹,她走近了去看,是她熟悉的脸孔,她生生吓了一跳——那对女孩是赵晓和自己。

赵晓穿着一条红色长裙,九月的天气已经微凉,可是她好像不怕冷一样,自然卷的棕色头发在阳光下仿佛镀上了一层金,将她那张美丽的脸映衬得分外动人。

而她身旁的李蜜,穿着一件米色的针织上衣,一条牛仔裤,还背着一个土得要命的双肩包,巨大的黑色眼镜遮住了半张脸,却无法掩盖她本身平凡无奇的样子。

李蜜终于明白过来,这是大二时的自己。那个穿着牛仔裤、戴黑框眼镜的自己。

她没有回到三个月前,她回到了三年半前,大二刚刚开学的时候,而她看到了自己,那时候平淡无奇的自己。

两个人朝自己迎面走来,李蜜想要躲开她们,可是来不及了,她们直直地从自己身体中穿了过去,走向了教学楼的方向。

李蜜低头看了看自己的身体,她悲惨地发现,自己现在是一副只看得见别人,别人却瞧不见她的透明躯壳。

这一切太神奇了,她没想到时光摩天轮是真的,她真的回到了过去,虽然不是她想回到的三个月前,可是三年半前,李蜜清楚地记得,这一年,她和肯加开始恋爱。

【3】

李蜜紧紧地跟在她们两个人身后,看她们绕过人工湖,走到了学校的体育场。

为了和另一个自己区分,李蜜暂时给她取了个名字,叫小李蜜。

体育场上穿着绿色运动服的肯加很快就吸引了小李蜜的注意,那时候小李蜜已经暗恋肯加整整一年了。可是他是学校的天之骄子,运动全能,学习优异的学霸,追他的女生很多,可是他从来没有为谁驻足过,而她,当时那个卑微渺小的她,也只能将自己的这份爱慕放在心底。

赵晓和小李蜜找了个看台坐下来,李蜜走到肯加的身旁,他还是那么帅气阳光,可是他的眼中带着一丝惆怅,他打开一瓶水,扭过头望向小李蜜的方向,他伸手冲那边挥了挥,引起了一片悸动的声响。

整场篮球比赛,肯加的状态非常好,三分球全部投进,看台上的女生尖叫连连,李蜜坐在小李蜜的身旁,托着腮看着这场已经看过的比赛,却依然觉得充满了新鲜。

比赛进行到一半的时候，赵晓推了推小李蜜："李蜜，你为什么不对肯加表白？"

"嘘……"小李蜜很慌张地捂住了赵晓的嘴，"你别那么大声。"仿佛喜欢人是一件多么让人觉得害怕的事情。

"你啊，真是太傻了。"赵晓笑着。小李蜜却不由自主地低下了头。

全场掌声雷动，比赛结束，肯加他们代表的系获胜，小李蜜激动地拼命鼓掌，厚厚的镜片后面是一张痴迷的脸。

肯加的目光又朝这个方向看了过来，赵晓摇摇小李蜜说："你看，他在看你呢。"

"怎么可能？别开玩笑了。"

李蜜突然觉得那时候的自己太可爱了，明明暗恋一个人，却不想让他知道，那种属于青春少女才有的娇羞，不知道在什么时候已经不见了。

出了体育场，她们两个准备去学校的图书馆，在去图书馆的半路上，赵晓收到了一条短信，她对小李蜜说："你先去图书馆，话剧社找我有点儿事。"小李蜜点点头说："早点儿回来，晚上我们去学校门口新开的那家店吃烧烤。"

李蜜凑近了赵晓，看到她手机的屏幕上，发件人那栏清楚地写着：肯加。

是肯加约的赵晓，她却骗小李蜜说是话剧社有事。

他们果然早就有了关系，李蜜嘲讽地笑了笑，跟在了赵晓的身后。

【4】

赵晓和肯加相约的地点非常隐蔽，是学校化学大楼的天台。

赵晓对肯加很冷漠，她说："你有什么事？"

"我想你了。赵晓，"肯加一把拉着她的手臂，目光里尽是思念。

"松手。"赵晓阻止道。

"赵晓，你为什么要这样对我？你明明知道我喜欢的人是你，你却一再把我推开，你为什么要这样折磨我？"

"可是我不喜欢你。"赵晓看也不看他，"大一的时候我就告诉过你，我从来没有喜欢过你，请你不要自作多情了。"赵晓甩开肯加的手，头也不回地朝楼梯下面走去，肯加在她身后歇斯底里地喊："我会让你后悔的，赵晓，我一定会让你后悔的。"他悲伤的样子是李蜜从未见过的，那么悲痛、那么无助，让李蜜整颗心都痛了起来。

她从来不知道，肯加心里最爱的人一直是赵晓，可是她什么都不知道，还接受了肯加的告白。

告白，是告白，李蜜想起来，肯加心里明明喜欢着赵晓，可是为什么要和自己告白？如果她没记错，肯加的告白就发生在三天之后的宿舍楼下。

李蜜想不通，她抛下了肯加跟在赵晓的身后。

她看到赵晓迎着风不停地走，步伐飞快，却是悲伤的样子，紧紧地握着手，是为了不让自己哭出来。

李蜜和赵晓认识多年，她知道赵晓是个不轻易软弱的人，可是那是她第一次看到赵晓那样隐忍的悲恸。

赵晓在图书馆门口调整好情绪，从包包里拿出一个罐子，取了两片药，放到口中咀嚼，等稳定了之后，她才慢慢地走了进去，小李蜜早已帮她把位置留好，看她脸上的表情不自然，还问了她一句："晓儿，你怎么了？"

"我没事。"赵晓冲她微微一笑。

不知道为什么，这样的笑容落在李蜜的眼中，让李蜜没来由地也感到了有些悲伤。她感到赵晓的心里隐藏着一个巨大的秘密。

晚上在宿舍，赵晓从下铺爬到了小李蜜的床上，灰暗的夜色中，赵晓窝在小李蜜的怀中，她们聊了很多，关于学习，关于未来，也关于肯加。

赵晓对小李蜜说："如果肯加喜欢你，你愿意做他的女朋友吗？"

小李蜜笑着回答："晓儿啊，别开玩笑了。"小李蜜的呼吸声均匀地传出来，可是赵晓没有睡着，她认真地看着小李蜜的睡颜轻轻地说："会成真的。"

可是小李蜜没有听到，而李蜜听到了。窗外的月光静静地照在赵晓的脸上，有一种说不出的动人，李蜜发现赵晓的心里有一个巨大的秘密，没有人知道那是什么，却能控制她的情感，也改变了三个人的情感。

【5】

肯加的表白发生在三天之后的一个夜晚，小李蜜刚从阶梯教室看完书回来。

在宿舍楼下昏暗的灯光下，她看到一个颀长的身影，有些萧瑟地踱着步，她穿着素白的棉布长裙，头发扎成一个结，看到来来往往的女生都忍不住对肯加多看两眼。她怎么都没想到，肯加是来找她的。

她抱着几本书，像无数次在学校和肯加擦身而过的时候那样准备走过去的时候，肯加叫住了她："李蜜。"

那是肯加第一次喊她的名字，她曾经幻想过无数次这样的画面，可是没有一次像今天这样真实且美好，小李蜜转过头，不可置信地问："你在喊我吗？"

肯加走到她的面前，把红豆冰递给她，轻声地问道："你能不能做我女朋友？"

小李蜜手里的书本掉了一地，哗啦啦的声音打破了夜空的平静，可是她没有去捡，她看着肯加，觉得这一切来得太过突然和措手不及，她暗恋了一年的"男神"居然主动和她表白了，那或许是她有生以来听过的最让她吃惊的一个问句，肯加却笑起来说："你书本掉了，不捡起来吗？"

小李蜜还是一动不动，她觉得这场景就像一个梦，她生怕一低头，这场梦就醒了，直到肯加把手里的红豆冰放到她的手中，冰冻的感觉让她清醒过来，肯加已经帮她把东西都捡好抱在自己怀里了。

"怎么样？"肯加轻轻地俯身看着小李蜜。

除了点头，小李蜜似乎没有别的反应，肯加满意地笑着，一把将小李蜜抱在怀里。他们中间还隔着几本厚厚的书，硌着有些难受，可是这并不影响小李蜜激动、欢快、震惊的心情。

李蜜在旁边目睹了这一幕，在她和肯加在一起的很多年，李蜜想起这一幕还是觉得和做梦似的，后来她常常从梦中醒来，看到躺在身边的肯加，好看的眉眼，俊朗的五官，总感觉自己仿佛在梦中，那样让人无法置信。

无数次她把肯加摇醒，枕着肯加的手臂问他："你当年为什么会喜欢我啊？"

肯加总是微微一笑说："缘分吧。"

李蜜相信缘分，可是在肯加和赵晓出了车祸之后，她就不相信缘分了，她总觉得这一切都是一种预谋，那些发生在背后不被人所知的真相才是最可怕的。

此时此刻，李蜜看着肯加，她看到肯加的头在抱着小李蜜的同时往宿舍上方望了上去，李蜜看到了，那个位置正对着她们宿舍的阳台，赵晓穿着睡衣站在阳台上目睹了这一切。

李蜜突然惊恐地意识到，肯加的这场在当年看似突如其来的幸福告白，其实是一种示威，对赵晓的示威，他在赵晓身后恶狠狠地说的那句："我会让你后悔的。"其实真正的意思是这个。

他要在赵晓面前和她最好的朋友谈恋爱，让赵晓永远都不能摆脱他。

李蜜被自己瞬间的聪明给吓到了，只是三年半的时间，她从当初那个单纯的小女生变得这么聪明，她站在旁观者的角度，开始一点点地看清楚这件事最真实的面目。

她有种不寒而栗的恐慌。

【6】

小李蜜开始了和肯加的恋爱。

她把她的好朋友赵晓介绍给肯加认识，第一次见面，在学校附近的一间餐厅，小李蜜说："肯加，这是我的好朋友，赵晓。"

"你好。"

"你好。"

他们表现出刚刚认识的样子，虽然说这一届的同学很多，可是因为肯加不是和李蜜同一个专业，对于他们不认识这一点她从来都没有怀疑过。

他们开始了三个人相处的过程，吃饭、游玩、参加活动，他们都是三个人一起，小李蜜对赵晓从来没有防备，还担忧地问过肯加："我总带朋友出来会不会不好？"肯加总是笑着说："怎么会呢？"

事实上小李蜜的担忧完全是杞人忧天，肯加不仅没有对赵晓的到来感到厌恶，反而有一种很开心的感觉。

倒是赵晓，每次小李蜜拉她一起出去的时候，她总是很抗拒和排斥，可是小李蜜总觉得自己找了男朋友冷落了好闺密是一种非常不道德的行为，所以不管赵晓想不想去，她总是硬要把赵晓带上。

有时候小李蜜去上厕所，赵晓会警告肯加："李蜜是个单纯的姑娘，你要好好对她。"

"我这么好的男生，你为什么那么残忍地对我？"肯加总是目露凶光。

等小李蜜走出来的时候，问他们在说什么，肯加总是笑着说："我在问赵晓要不要找男朋友，我给她介绍个我宿舍的哥们儿。"

赵晓总是斜他一眼不紧不慢地回答："不劳您费心了，姐可不愁嫁。"

小李蜜笑着说："肯加，我家晓儿可是有很多人追的。"

阳光均匀地洒落进来，小李蜜窝在肯加的怀里笑得幸福甜蜜，赵晓坐在他们对面搅着手中的咖啡杯，肯加像报复一样把小李蜜抱得更紧。

李蜜目睹了这一幕幕的场景，感觉自己几乎快要崩溃得疯掉，好几次她都想冲上去拍醒那个无知的自己，让她赶紧从这场可怕的三角恋中解脱出来，可是她无论说什么，都没有人能听见，她除了一次一次目睹这些场景，看到许多她曾经一无所知的真相，她无能为力。

【7】

李蜜开始研究赵晓和肯加的关系。

除了肯加的报复，李蜜很想知道赵晓和肯加究竟有过怎样的过往，为什么她始终不肯接受肯加的爱，还要说出那样可怕的话来伤害肯加？

她开始寸步不离地跟着赵晓，她发现赵晓每隔半个月都会去一家私人医院，医生会给她开一堆药片，她将它们全部装进随身携带的透

明药罐里。

以前李蜜曾问过赵晓为什么要吃药,赵晓总是不以为意地说:"这是我妈给我买的营养片。"

可是赵晓骗了她,这些花花绿绿的药片根本不是营养片,而是真正的药。李蜜不知道赵晓得了什么病,可是她知道这种病已经跟了赵晓很多年,她那么熟练地吃药,假装没事,说明她对自己的病症了若指掌。

小李蜜从来没有察觉出来一点点的蛛丝马迹,她那样深深地爱着肯加,爱着这个仿佛是上天对她的恩赐。为了和肯加匹配,她开始改变自己,她拿掉了黑框眼镜,一头乌黑的头发打理得非常柔顺,她开始学习化妆,本来平凡无奇的脸渐渐有了温婉别致的色彩。

她总是和赵晓说:"我和肯加的爱情像在独木桥上欣赏风景,总感觉一个不留神就要跌入深渊。"

赵晓总是安慰她说:"不会的,你会一直拥有这片风景。"

大三快毕业的那年,肯加决定和李蜜分手,他发现他对赵晓所有的示威都不能引起她的波澜之后,很快他就感到了沮丧和失望,他准备和李蜜分手,却在分手的路上遇到了来找他的赵晓。

还是那个天台,赵晓拿出一份病历,她说:"对不起,肯加,我骗了你,当年我转学离开是因为我不想伤害你,因为我有先天性的心脏病,我不能拖累你。我知道你和李蜜在一起是为了向我报复,可是李蜜是真的爱你,她是一个非常好的女孩,我希望你和她在一起,我相信她能给你幸福。"

肯加明显被赵晓的一番话吓到了,不仅肯加被吓到,李蜜也被吓到了,她和赵晓认识这么多年,从来不知道她有心脏病。

"我爸爸托了关系才让我逃过了身体检查,本来我的病是不能上大学的,可是我爸爸为了让我有一段美好的记忆才出此下策,我没想过我在大学还会遇到你,肯加,对不起,请你不要伤害李蜜。"

肯加睁大了眼睛,拿着病历的手一直颤抖,赵晓握着肯加的手:"这是我作为一个朋友对你最后的请求。"

那天天台的风一定非常寒冷,否则肯加和赵晓不会都流下了眼泪,李蜜看着这一幕,心里有种巨大的悲哀,她的好朋友和男朋友,在她不为所知的时候发生了这么多事,可是她还沉浸在自己的幸福里什么都不知道。

就连她一直引以为傲的爱情,也是从一场报复开始,在一个真相面前保持下来,她不知道她是应该替自己悲哀,还是替自己庆幸。

【8】

肯加没有和小李蜜提分手。

肯加开始像赵晓希望的那样认真对待小李蜜,和以前的报复不同,他开始认真地去发现小李蜜的好,发现她的细心和善良,发现她为了赶上他的脚步做了各种各样的努力和改变。

风大的时候他把她抱在怀里,天冷的时候他把外套披在她的身上,他帮她辅导功课,看她的成绩排在全系的前几名,他似乎把对赵晓的爱全部弥补给了小李蜜。

那是李蜜记忆里最甜蜜的一段时光,再也不用去彷徨和害怕,她爱的人越来越爱她,越来越靠近她,对她越来越宠爱。

他们的爱情成了海大盛传的一段佳话,肯加甚至带她去见了他的爷爷,那位生物系的老教授,他总是慈祥地看着小李蜜,往小李蜜的碗里放很多好吃的。

赵晓的身体越来越不好,吃药的频率越来越高,有时候夜里,她抱着小李蜜睡觉,总让小李蜜给她讲故事。

她说:"李蜜,你知道我为什么和你这么好吗?"

小李蜜摇摇头。

"因为我第一次昏倒的时候,你背着我跑遍了整个校园,迷迷糊糊的时候我听到你的声音,你说:'同学,你一定要撑过去啊。'后来我就想,你真是个好姑娘,如果没有你,我可能就死了。"

小李蜜拍拍她说:"呸呸呸,什么死不死的,你会永远健康的!"

赵晓转过脸,李蜜看到她沉静的脸苍白得可怕,美丽动人的脸上带着那抹可怕的悲伤。

李蜜好想伸手抱抱她,可是她的手只能穿过赵晓的身体,虚幻而不真实。

【9】

时光一下子把李蜜带到了大学毕业的那天。

论文答辩结束之后,赵晓和小李蜜说她要回到家乡去了,小李蜜忙于实习,忙着安定下来,和肯加规划未来,无暇去关心赵晓的一切。

她看到赵晓在回家的那天独自拎着箱子站在车站给小李蜜打电话,她说:"我回家了,李蜜。"

小李蜜在电话那头说:"对不起啊,晓儿,我这边还有个会,不能去送你了,有机会我去你老家看你。"

"没关系,你忙你的。"这是赵晓留给小李蜜的最后一句话。

赵晓挂了电话,坐在车站很久,阳光很刺眼,卖东西的人推着车从她身边路过,她穿了一件她从来不穿的白色长裙,手扶着行李箱看着铁轨发愣。

不知怎的,她就哭了起来,眼泪从她的脸上成片成片地滑落,李蜜站在一旁整个人都跟着揪心起来,她好痛恨自己为什么不来送她一程，让她自己孤孤单单地回去。她好痛恨自己明明知道赵晓平日里从来不喜欢和别人来往，只有她这么一个朋友，她却为了一个会把她丢下了。

可是她只能在赵晓旁边看着她静静地哭，把眼泪擦干，坐上了回家的列车。

工作时候的小李蜜开始规划结婚事宜，开始规划蜜月旅行，她和肯加有了争吵，当初那个学校里叱咤风云的校草在她心里渐渐变得不那么美好。

她想起了赵晓，给她打电话，她对她诉苦，说她和肯加的不和，赵晓总是安慰她，开导她，让她平复情绪之后重新面对肯加。

她偶尔也会想起来问赵晓的近况，赵晓告诉小李蜜她已经找到一份不错的工作，很稳定地发展。

可是事实上，赵晓并没有工作，她的病情严重，成天躺在医院里面接受治疗，医生说她的生命最多不会超过半年，她的家人不敢告诉她这个事实，可是她已经察觉到了。

她让家人买了很多彩纸，每天无聊的时候她就折纸鹤，五颜六色的，装满一个个大大的塑料袋。

有时候她也会趴在窗台上去眺望远方，李蜜想起她们大学刚刚入学的时候，赵晓总喜欢拉着她一起趴在窗台上眺望远方，一根雪糕两个人一起吃，一盆植物两个人一起养，所有看到她们的人都说她们像一对亲姐妹。

可是小李蜜不知道赵晓生病了，她陷入自己的幸福里无法自拔，赵晓也从不将自己的病痛告诉她，仿佛能看到她幸福，自己也能开心起来。

【10】

肯加知道赵晓的时日无多的时候,悲伤了很长一段时间,那时候他整个人陷入烦躁,常常和小李蜜吵架。

终于在有一日讨论婚礼细节之后,他决定去看一看赵晓。

他对小李蜜说他要去香港出差几天。事实上他驾车去了赵晓的老家。

赵晓的老家在江南的某个如烟小城,在去的途中肯加想起了他和赵晓的过往,他和赵晓曾经同学三年,少年时期最懵懂的爱情,他以为他会和赵晓永远在一起,可是当他和赵晓表白的时候赵晓告诉他,她从未喜欢过他,让他不要再痴心妄想了。

后来赵晓转学,肯加有一年没有见过赵晓,等到再见面的时候已经是大一的新生见面会,她穿一身红裙,美得有些妖娆,很多男生围绕在她的身边,可是她从来不为所动。

他和赵晓表白,却总是遭到她无情的嘲讽,他愤怒、生气,想将这一切都报复在她的好友李蜜的身上,却在他要和李蜜分手的时候,听到了赵晓告知他的一切真相。

他明白赵晓的意思,她希望有一个人好好地爱自己,而那个人她选的是李蜜。

他开始对李蜜好,重新去认识这个姑娘,渐渐地发现她身上的优点,从离开赵晓的痛苦中走了出来。他知道,李蜜才是他相携一辈子的对象。

李蜜坐在肯加的车上,跟着他的思绪看到了一切,那是埋藏在肯加内心深处从来不对外人道的过往,那是她一直猜测却从来也不明白的秘密。

肯加看到赵晓的时候,她已经很虚弱了,他们坐在一起聊天,像认识很多年的朋友,他们聊曾经的中学时代,聊老师,聊同学,最后聊起了李蜜。

赵晓问他:"你现在是真的喜欢上李蜜了吧?"

肯加想了想没有回答。

赵晓看着肯加说:"还记得我和李蜜读大学那会儿,她总说毕业了我们一起去亚城看骆驼,在沙漠里看日落,可能这辈子都不会实现了吧。"

李蜜站在旁边,眼泪差点儿掉下来。

肯加抹了抹眼睛说:"如果你想去,我现在就带你去。"

赵晓的爸爸没有阻拦肯加,他们都知道赵晓的时间不多了,所以第二天,肯加就准备了许多东西准备带赵晓去亚城。

肯加就是在那个时候出的车祸,赵晓并没有即刻死亡,她看着已经昏迷的肯加,用手用力地握住他的手,用最后一点点力气对他说:"肯加,你一定不能死,你一定要活过来,李蜜还在等你。"

鲜血覆盖了一切,红色的光芒中,李蜜听到赵晓的声音,她说:"李蜜,一定一定要幸福啊。"

"赵晓,你别死,你不要死啊。"李蜜想冲上去,想把自己心里的话告诉赵晓,一道刺眼的白光闪了出来,李蜜瞬间跌入了一个漆黑的深渊中。

【11】

"时光摩天轮的参观到此结束,谢谢大家的观赏,希望这趟风景没有令大家失望哦。"甜美动听的声音从李蜜的耳边传来,她睁开眼,发现摩天轮的门已经被人打开,长相甜美的工作人员正在冲她温柔地微笑。

那个令人恐怖的红色摩天轮不见了,矗立于眼前的只是一个本市游乐场最普通的摩天轮,色彩斑斓,人声喧哗,明亮的场景让李蜜恍了神。

她从摩天轮上下来,站在人群中,那些在几年之内所发生的一切都像一场梦境。

她的手机在此刻响了起来,她"喂"了一声,是肯加的主治医师打来的,他欣喜地告诉李蜜:"你的未婚夫刚刚苏醒过来了,一直喊着你的名字呢。"

"我这就去医院。"挂了电话,李蜜往游乐场的门口疾步走去。

走到游乐场门口的时候,李蜜回头又望了一眼摩天轮,那样一个留在时光里不停来回转动的摩天轮接纳了一个又一个游客。

而在那个悬挂在最高点的摩天轮上,李蜜似乎看到大大小小的纸鹤,依次悬挂,像好看的珠帘铺盖了整个天空。

她知道,那是赵晓留给她的最美好的心愿和时光。

那些她曾经耿耿于怀的真相,都不及一个真心待她的朋友来得重要。

时光摩天轮,带你回到过去,让你珍惜现在,也明白了爱的伟大。

朝夕

文 / 墨小芭

  你的头上缠着厚厚的绷带，绷带里隐约透着红色，也不知道是药水还是血迹。卓飞的目光就直直地落在那片红色上，眼眶也染上深深的红。你坐在病床上看着他，突然冲他展颜一笑，静静地摇了摇头，仿佛是说，我没事。

——墨小芭

【花树】

认识你的人都知道,你的眉间有一块小指甲盖大小的疤,像一小片蒙着月光的鳞。

那块疤是卓飞用石子掷出来的。

梅花镇,细雨中,八岁的卓飞恶狠狠地冲你喊:"花树,你这没人要的臭乞丐!"

他的恶言随着那颗棱角尖锐的小石子一起击中你的眉心,"砰"的一声,你下意识地伸手捂住眼睛。指缝间,你隔着热乎乎的血液看见卓飞呆立在那里,神色慌张而焦虑。

医生说,花树命大,眼珠子差一点点就不保了。

你的头上缠着厚厚的绷带,绷带里隐约透着红色,也不知道是药水还是血迹。卓飞的目光就直直地落在那片红色上,眼眶也染上深深的红。

你坐在病床上看着他,突然冲他展颜一笑,静静地摇了摇头,仿佛是说,你没事。

卓飞一怔,恶狠狠地扭头跑了出去。

你是卓飞的奶奶从田里捡来的孩子,秋天的梅花镇,田间稻香滚滚,大雁齐飞。你就在一片金灿灿的麦地里蜷缩成一团,颤抖着咳嗽，已经神志不清。

老人家把你捡回去，心下琢磨，看你的穿着打扮，应该是城里有钱人家的孩子，脚上的一双小皮鞋是上等羊皮手工制作的，却不知怎么在这镇子的田野里昏迷着。

卓奶奶请了大夫来瞧你的病，你在发高烧，但并无大碍。她便亲手熬了米汤喂你喝。你大病初愈，大口喝着米汤的样子十分讨喜，像一只嗷嗷待哺的小动物，看似柔弱，却有着无限顽强的生命力。

老人家问你："孩子，你叫什么名字？来自哪里？经历了什么可怕的事？"

你歪着脑袋仔细地想了想，小声回答："我叫花树。"便没了下文。

镇上的人揣度，你大概是被人拐带了出来，但你人呆呆的，像半个傻子，这样的孩子怎么卖得出去？于是绑你的人便在半路上扔了你。

过了许多天你也没想起自己的家在哪里，老人家张贴了寻人启事也没有人来寻，日子久了，你就成了她家的小孙女。

爷爷过世后，奶奶便与卓飞一家分开居住，一个人守着老宅不愿离开，现在捡了你回来，抵消了她的好多孤独和寂寞。

卓飞和他的父母来看你，你虽然思维缓慢，讲话迟缓，却是一个漂亮可爱的好女孩。他们都喜欢你，镇上的人也都喜欢你。

有个叫顾远的男孩子待你格外好，时常在放学路上顺路去看你一眼，给你采一把路边的无名野花，那花是淡淡的紫色，若有若无地香。

你把脸埋进花里，笑得双眼弯成一对亮晶晶的小月牙。

可是卓飞不喜欢你，等顾远走远了，他就夺过你手里的花踩在脚下，还要使劲踩一踩脚。

事实上你也不知道卓飞对你是喜欢还是不喜欢。

他时常捉弄你，往你的手心里放一条巨大的毛毛虫，看你吓得瞪大眼睛就笑得满地打滚。这样看来，他并不喜欢你。

可他又把脆生生的果汁糖悄悄塞进你口袋里，附在你耳边警告："让别人发现，小心我打得你满地找牙！"这样看来，他似乎又并不讨厌你。

你想不明白，想不明白的事情你便不再费神去想。

直到半个月后，奶奶在夜里突然发病离世，卓飞的父母便要把你带回家去。直到这一天你才明白，卓飞是真的不喜欢你。

奶奶的葬礼后，卓叔叔对卓飞道："花树要和我们一起回家，今后不准你再捉弄她。"

卓飞却一把将你推倒在地，恶狠狠喊道："我才不要这个丑八怪到我家去！"

细雨中，八岁的卓飞恶狠狠地冲你喊："花树，你这没人要的臭乞丐！"

"砰"的一声，你被一颗尖锐的石子击中眉心。

【初雪】

卓飞被吊起来打了个半死，迷迷糊糊间还在哭闹："我不许花树到家里去。"

你在奶奶的老宅子里坐着发呆，顾远来了，他穿着雪白的衬衫，在晨雾里看起来像个小神仙。

他陪你坐在冰凉的石级上，什么话也没有说。

后来你还是搬去了卓家，毕竟你才七岁，无论如何卓家的人也不会把你独自留在老宅，更何况你差点儿被卓飞打瞎了眼睛。

住在卓家的第一天，你被卓飞丢进卫生间，他龇牙咧嘴地警告

你:"敢告状,我就把毛毛虫丢进你嘴里!"

你蜷缩在卫生间凉飕飕的地板上点点头:"放心吧,我不告状。"

第二天卓飞吃了早餐去上学,你才从卫生间里走出来,冻了一夜,脸色惨白得有些骇人。

在那之后的每天夜里,你都睡在房间的卫生间里,虽然卧室的中间做了一层海水蓝的窗帘做隔断,可是卓飞还是固执地霸占着一整个卧室不准你踏入半步。叔叔阿姨却都以为你和卓飞和平共处,而你竟然也能严严实实地隐瞒许久。

八月的一个下午,卓叔叔在饭桌上询问你:"花树,你想去读书吗?"

你的筷子顿在碗边,费力地思索了很久,终于重重地点了点头。

卓妈妈略显犹疑:"可是花树她……"

卓爸爸打断她:"她想去,便让她去吧,实在跟不上老师的思路,到时候再回来也未尝不可。"

那天的你格外高兴,你跑去告诉顾远,你们可以一起上学了。

顾远将他的校章从胸前摘下来递给你,你将校章小心翼翼地拿在手里,在太阳底下仔细地瞧了又瞧,才郑重地将它别在胸前。

从那之后,每一天清晨,你和卓飞各自从卫生间和卧室里走出来,背着各自的书包,吃着各自碗里的饭,然后一起走出家门。

卓飞骑着单车一溜烟就不见了人影,你叹口气,埋头走进梅花镇轻盈缭绕的雾气中,不远处,顾远白杨一样笔直的身影在等待着你。

卓飞的单车后座永远是空荡荡的,即便空着,也绝不肯让你坐上去。

学校里他也极力和你撇清关系,若有人问他:"卓飞,花树是你妹妹吗?"卓飞一定字正腔圆地答:"是个屁!她是我奶奶捡回家的小乞丐！"

于是大家的目光便转向你，你只是懵懂地点点头，也不知道是在承认自己是卓飞的妹妹，还是在承认自己是一个小乞丐。

每当这时候，顾远都会从人群的外围挤进来，牵着你的手带你走出人群。

他说："花树，你不是没人要的小乞丐，你只是迷路了。"

出乎意料的是，你虽然呆呆笨笨，功课却好得让人瞠目结舌。尤其是背诵课文和单词，凡是你背过的，就永远刻进脑子里，绝不会出半分差错。

卓爸爸啧啧称奇："小看了花树，竟是个读书的奇才。"他又问你，"花树，这么多功课你是怎么背下来的？"

你又露出一丝迟缓的神色，略略地想了想，摇了摇头。你是真的不知道，老师让你背诵，你就背诵了，仅此而已。

人世间太多拐弯抹角的事情对你来说都是想不透的大难题，所以你并不聪明，你只是能把事情记得牢。

就像你牢牢地记得顾远对你说："等我回来，我们一起看梅花镇的初雪。"

顾远在一个金灿灿的秋日下午与你告别。

镇上的人都知道，他的父亲去世，母亲改嫁给了大城市里做生意的大老板。大家都说："顾远要去城里过好日子了。"

你问顾远："还回来吗？"

顾远说："会回来的，下雪的时候我就回来，陪你看初雪。"

【单车】

不知道为什么，自从顾远离开以后，梅花镇就再也没下过雪。

镇上的老人说："这世上的人多了，气候就暖了，恐怕梅花镇以后都不会再下雪了。"

梅花镇没了雪，顾远就不会回来，而你受了欺负就再也没人替你出头。

那些女孩便变本加厉地联合起来排挤你，本来嘛，你一个沉默寡言的傻姑娘，凭什么学习成绩那么好？

她们撞翻你的饭盒，撕烂你的课本，甚至往你的裙摆上泼红墨水。而你从不生气，饭盒撞翻了便饿着，课本撕烂了便拼好。只是这裙摆上的红墨水却很难洗，于是那一天，你便成了校园里男生女生窃笑的关注点。

暧昧的红色，在你那个年纪来说，简直比当众被扇耳光还让人为难。

正在你不知所措的时候，班级里传来一声惊呼。有人在水房冲你喊："花树，你哥哥跟人打起来了！"

你费力地挤出人群，看见卓飞正把你被打翻在地的午餐塞进一个女孩的嘴巴里。他的嘴角挂着一抹嘲讽的微笑，冷冷地说："你喜欢打翻人家的饭盒，就要有把打翻的粮食吃进去的准备，老师教过你没有，浪费粮食是可耻的。"

女孩满是眼泪的眼睛惊恐地看向人群里的花树，呜呜地说："对不起，对不起……"

卓飞被记了大过，挨了二十下手板子，全校通报批评。

放学后，卓飞把单车推给你："我手痛，骑不了车，你载我回家。"

你不会骑车，可是你不敢告诉他，只好硬着头皮跨上单车，车子歪歪扭扭地艰难前行。卓飞在你身后抓着你的腰，生气地喊："你怎么这么笨！连车都骑不好，算了算了，你下来！"

你以为卓飞良心发现要载你回去，没想到他还是端端正正地坐在单车后座，见你不懂，冲你咧嘴一笑，说："看什么看，推我回去啊。"

你咬咬牙，低头拼尽全力推着单车，小声嘀咕："这个人怎么这样坏？"

卓飞冷哼一声："知道我坏以后就离我远一点儿。"

你回头盯着他看，慢慢地说："你虽然坏，但是对我好，看上去很坏的人，对我却很好，我不明白。"

这是你几年来说过的最长的一个句子，二十五个字，字字落进卓飞迅速移开的目光里。

虽然在九岁那年，卓飞就允许你睡到隔断的那边，但是五年后，你还是搬出了卓家，住到奶奶留下的老宅子里。

卓爸爸送你到老宅，卓妈妈万般不舍也放了你走，毕竟你们大了，总住在同一间屋子里也说不过去。

宅子外是一小片长久未耕的田，下课后，你去镇子的市集买来蔬菜的种子播种下去，十几天，种子已冒出翠绿的新芽。

到了收获的时节，你把最好的青菜捆绑在一起，送去卓家。余下的，便拿到市集去卖，你种的菜都是顶好的，新鲜、不施农药，久而久之，镇上的人在你门前排起长队，订购你种的菜。

渐渐地，你不再需要卓家的贴补也可交付自己的学费。

可是卓飞依旧时常往你的住处去，送新鲜的牛奶和卓妈妈煲的浓汤。为了表达谢意，你帮卓飞辅导他烂得让人咂舌的功课。

无数个傍晚，似血的残阳在离你们遥远的天际轰然坍塌，橙色的光芒自远处浩瀚袭来，笼罩着你们并着的肩膀。园子里，树荫下，一张矮矮的桌子上摆满密密麻麻的参考资料，你一道题一道题地讲解，卓飞拧着眉不耐烦地听。

再后来，你们就考进了省里的重点高中。

离开梅花镇的前一天,卓飞用他的单车载着你在镇上转了一圈又一圈。

那是你第一次坐在卓飞的单车后座上,梅花镇的夏末微风习习,你眯缝着眼睛最后看一眼梅花镇上蓝得发白的天空,垂下头的时候,眼泪落了下来。

【晕眩】

你不喜欢省城,偌大的城市,吵嚷的人群,常常让你感到为难。

唯一的安慰是加入了民族舞社团,你喜欢跳舞,在舞台上旋转时嘴角都会不自觉地上扬。

就这样,从高中再到大学,你一直过着学校、教室、练功房三点一线的生活。

卓飞对此嗤之以鼻,他喜欢热闹,朋友众多。但每次只要有你参加的舞蹈会演,他一定会推掉一切琐事去给你捧场。

大二那年夏天,你一个人留在练功房练习,七彩纱衣披在身上,让天窗里投射进来的阳光折射出一层朦胧的光晕。

快速交替的步伐交织出一次次平稳扎实的旋转,你寂静地舞着,突然听到一声尖厉的鸽哨,像一颗子弹,从太阳穴贯穿而过,下一秒,你像一只中弹的小鸟笔直地倒了下去。

恍惚间,似乎有人轻轻拍打着你的肩膀呼唤你,你只感到眼皮沉重,再也没有力气思考,陷入沉重的昏迷。

醒来时已是黄昏,模糊的视野里有一张逆着光的脸,他俯下身仔细打量你,小声地问:"你醒了?这里是医院。你还记得我吗?"

熟悉的声音像清泉洗清了你的视野,你终于看清了眼前的少年,剑眉皓齿,白衫清癯,是顾远。

你才知道原来你们考上了同一所大学,他也是直到路过练功房时才遇到你。

　　这次的相逢就像上帝随意撒下的小礼物，恰巧被你接到了。你一边剥橙子一边听顾远讲他这些年过得怎么样，他一直在这座城市学习和生活，他现在唱声乐很厉害，得过不少奖，你淡笑倾听，病房里始终弥漫着淡淡的橙子香。

　　再晚些时候，卓飞和他的父母都来了，听说是医生不放你走，要再留院观察几日，他们怕你没人照顾，便来看看你。

　　那段时间卓飞和顾远只要有空便往你的病房跑，卓飞带来食物，顾远带来书籍，他们陪在你身边说说笑笑，时间过得很快也很快乐。

　　只是你时常感到晕眩，经常在深夜被一阵闪电般的疼痛击中。

　　两个星期后，医生开足了药，终于肯放你走。那些白色药片可以暂时治疗你难忍的头痛。

【告白】

　　你在一个冬日的黄昏告诉卓飞，你喜欢顾远。

　　那天正是圣诞节前夕，大街上人来人往好不热闹。卓飞推掉几个女生的邀约带你去吃火锅。

　　火锅店里到处是人，红油锅里热气沸腾，卓飞点了你最爱吃的青菜和蟹柳，并开了几瓶酒。

　　你问卓飞："我喜欢顾远，他会知道吗？"

　　卓飞干了一杯酒，极力笑着回答你："会的，他喜欢唱歌，你喜欢跳舞，很合得来，他也会喜欢你。"

　　过了片刻，他又问你："你喜欢那小子什么？柔柔弱弱的像个娘们儿。"

　　你笑着垂下头，轻声说："我喜欢他唱的《欢乐颂》。"

　　卓飞看一眼你眉心的疤，低声说："也好，他至少不会伤害

你。"

那天下午卓飞喝了很多很多的酒,你们离开的时候外面早已是漆黑一片,只有极远处的山间还镀着一层落日的余光。

那是卓飞第一次喝醉,整个人东倒西歪地挂在你肩上,像条狗。

夜晚的风碎碎的,一荏又一荏地掠过你们的头顶,没多久,招来了一阵稀薄的初雪。

雪花落在卓飞毛茸茸的头发上,他忽然说:"告诉你一个秘密,你要不要听?"

于是,你扶他在街边的长椅上坐下来。

卓飞的脑袋顺势歪在你肩上,喃喃地说:"你知道八岁那年,我为什么不准你住进我家,为什么要把你赶到卫生间去睡才满意吗?"

你把目光放得很远,耐心地没有打断他。

"因为八岁的时候,我还有尿床的毛病。我不想让你知道,我宁愿让你觉得我坏,也不愿意让你看见我出丑。你知道这又是为什么吗?"

你把头轻轻地倚在他落着雪花的脑袋上,依旧什么话也没有说。

"因为,我喜欢你啊。"

说完,他闭上眼睛,就那样沉沉地睡着了。

而你坐在长椅上看着街上人来人往,耳边萦绕着孩子们欢快的歌声:"欢乐女神,圣洁美丽,灿烂光芒照大地。我们心中充满热情,来到你的圣殿里。"

雪花晶莹而洁净,你忽然有点儿想哭,不知道梅花镇是不是也下起了这样美的初雪。

【哥哥】

你每天要吃九颗药丸,有时候运气不好,疼得厉害,则吃十二颗。

这没什么奇怪的,后来你在医院里还遇到很多比你吃更多苦的人,一天二十四个小时,有个小姑娘要打十个小时的针。

不过她至少还有机会活下去,而你,医生说,你只剩下不到一年的时间。

那名医生的语气是平静的,也许他宣判了太多人的死刑,所以很懂得将死之人的需求,是的,你不需要安慰和鼓励,你喜欢他给的善意的平静。

你也回报他相同的平静,乖乖领了药丸才离开。

为了方便控制病情,你从学校的宿舍搬出来,在附近租了一间小小的公寓。

顾远和卓飞来给你搬家,他们租来一辆车,两个人只用了一个来回就全部搞定。

布置新家的时候,卓飞埋怨你:"怎么就这么点儿东西?"说完把目光移开。

你还是看到了他红红的眼眶。

吃晚饭的时候,顾远对你说:"花树,有件事很久前我就想和你说了,现在说给你听怎么样?"

你夹一截脆笋给卓飞,点头说:"好。"

顾远认真地盯着你的眼睛说:"我想让你做我的女朋友。"

你笑着点点头,轻轻地说了声:"好。"

你又说:"不过,你可能还不知道,我活不了多久了,你介意吗?"

顾远摇摇头,以一副早就明了的神情回答你:"幸好还来得及告诉你我喜欢你。"

你们看着彼此相视而笑,而卓飞看着你灯光下耀眼的笑容,一句话也没说。

那天晚上你送他们到楼下时第一次叫了卓飞一声"哥哥"。

"哥，回去路上小心。"说完你伸出手臂抱了抱卓飞，这样就看不到他悲伤的脸。

现在，你的故事就快要得到一个圆满的落幕了，有情人终成眷属，你喜欢顾远，顾远也喜欢你，一切都再好不过。

你一个人转身上楼，开门，关门。然后慢慢蹲下去，终于蜷缩在门口哭出了声。

你想起几天前去医院复诊的那个下午，你领了药丸，想去楼下的杨树下等卓飞和顾远。

那天的风有点儿大，把早已坐在那里的两个男人的对话传入你的耳朵里。

一个说："花树只剩下不到一年的时间，她喜欢你，算我求你，陪她走完最后这段路行不行？"

另一个说："这……我需要和我女朋友商量一下。"

前一个焦虑地嘱咐道："你有女朋友的事千万不能让她知道，好歹你是学声乐的，跟表演有点儿关系，可不能演砸了。"

另一个悲天悯人地看着他："你既然那么喜欢花树，为什么不直接和她说？总好过找我演戏骗她！"

"因为……"第一个人自嘲道，"她告诉我，她喜欢你啊。"

【歉意】

在你生命的最后几个星期里，你回到了梅花镇。

你想起医生对你说，你的病应该是在幼年时期就被发现和治疗过的，所以很长一段时间你都表现出健康的状态。但由于没有定期复查，导致复发，便再也回天乏力。

你始终没能找到你的亲人，就像半截梯子，没前没后的。

但你并不悲伤，毕竟不是所有迷路的孩子都有归途，至少你还有梅花镇可做故乡。

顾远时常抽空给你打电话，嘱咐你按时吃药，天冷了添衣，不要光脚在屋子里走动，还给你邮来了毛绒绒的棉拖鞋和你爱吃的点心。

其实你知道这些都是卓飞嘱咐顾远做的。

有时候你疼得厉害了，满头大汗地蜷缩着发抖，一边熬着一边想着卓飞，想象他如何尴尬地在商场为你选购女士保暖睡衣和拖鞋，想象他怎样在拥挤的超市里埋头寻找你最爱吃的那些零食和点心，想象他模仿着顾远的字迹给你填写邮递单子，在附言一栏细心写上：祝愉快。

在梅花镇上，你还是住在奶奶留下的老宅子里，你去省城读书后，卓叔叔一直帮你照顾着老宅，门前的蔬菜年年有种，屋里的摆设一点儿没变。

卓家人是真的很疼爱你。

所以当卓妈妈哭着求你原谅的时候，你给了她一个拥抱。你用你温暖的掌心轻轻拍拍她哭得发抖的后背，对她说："卓妈妈，我不怪你，你是对的。如果奶奶在，也会和你一样。我们不能害了卓飞。"

现在我不得不把故事重新梳理一下，虽然你极力想让它就这样落幕，但我还是要对读者负责。

那就让我把时间倒退到你晕倒在练功房的那天。

事实上那次的检查就已经宣判了你的死刑。这件事只有卓爸爸和卓妈妈还有你知道。

那天的卓妈妈抱着你流了很多很多的泪，她心疼你，也心疼喜欢着你的卓飞，哪个当妈的看不出自己的儿子爱慕着谁呢？

于是她请求你，不要给卓飞希望后再让他绝望，如果你们相爱

过,那你必将来临的离去一定会击垮卓飞的。

她哭着对你说:"孩子,别怪卓妈妈心狠,我不能一下子失去两个我爱的孩子啊。"

那一天,你被宣判了两次死刑,一次失去了活下去的资格,另一次,则失去了爱的资格。

而你选择坦然接受。

所以从那时起,你们每个人都在卖力地演出着,同心协力打造一个谁也不能戳破的谎言。

爱着的装作不爱了,不爱的装作很相爱。而这些演技高超的演员里,你是最佳的那个,演得最卖力,也最怕被拆穿。

【《欢乐颂》】

你离开的那个冬天,梅花镇下了一场浩浩荡荡的冬雪,大雪鹅毛似的簌簌落下,层层叠叠地覆盖住镇上的所有色彩。

白茫茫的世界里,总有人如疯似癫地反复吟唱着那首《欢乐颂》:"欢乐女神,圣洁美丽,灿烂光芒照大地。我们心中充满热情,来到你的圣殿里。"

你曾经无意间对卓飞说过,你喜欢听顾远唱《欢乐颂》,其实卓飞并不记得,在很久很久以前的某个黄昏,他骑着单车载着你环游梅花镇的时候,曾经轻轻地哼唱过这首歌。

如今雪花静寂,北风吹过却如狂花乱坠。

我替你看清了,那个站在大雪里为你泣血而歌的少年,是卓飞。

而你陷在他的歌声里静静睡去,不理朝夕。

彼岸的风景

文／独木舟

在我们都还年少无知的时候，我就从她看许柏寒的眼神里洞悉了所有。那是一个一厢情愿地认为爱是世上最坚固的事物的年纪，我不是没有想过爱会有对手，但我以为对手无非是时间或者距离这些虚无的东西，我不知道爱的对手有时候会很具体。

——独木舟

你是我一生中最隐秘的羞耻,最深刻的秘密,以及最沉痛的爱恋。

【1】

余意的餐厅定在周末开业,店名就是他自己的名字,地处本市最繁华的商业区,出入的都是小资和白领。

两个月前他就广发邀请函,通过各种人脉,邀请各界名流前去试吃,试吃期间,餐厅的门既不是紧闭,也不是大开,就那么虚掩着,透着一道几十厘米的门缝,年轻貌美的服务生系着面巾,只露出眼睛,站在门口,温柔地对所有在餐厅门口探头探脑的客人说:"不好意思,现在不营业。"

余意这家伙还是有点儿意思:我知道你们有钱,但有钱也消费不了。

难怪在网上一搜他的餐厅的名字,就能看见诸如"余意餐厅真能装""有什么了不起啊,请我我还不去呢"之类的言论——一个比一个有骨气。

但我知道,真正到了正式开张的那天,场面依然会是门庭若市,没有为什么,这是商业策略,也是人性。

坦白讲，我一直在静候着余意向我发出邀请。

两个月之后，我终于接到他的电话说："知桐，周末赏个脸吧。"

我嗤鼻一笑，午后的阳光晒得人倦倦的，语气里自然也有了几分轻慢："到这个时候才想起我，你真够朋友啊。"

他哈哈一笑，并不见怪，大概早就习惯我这尖刻的性格："之前那不是为了宣传嘛，你也看见了，我这套饥渴营销还是很成功的，那些大佬吃完回去发个微博，广告效应比登几天报纸头条还好。不多说了，周末你来嘛。"

我"嗯"了一声，也不打算啰唆了，正要挂电话，他忽然来了一句："许柏寒也来。"

听见这个名字的那一瞬间，就像有一尊瓷器在我的心里打破了似的，白色的碎片划出许多细碎的伤口，那种隐隐约约，轻轻浅浅，却又绵延不断的疼痛在我身体深处的某个地方渐渐弥漫开来。

我原本想冲着手机吼，余意，你有病吧。

我原本想说，那我就改天再去吧。

我原本想说，你安排我跟许柏寒同时出现居心何在？

不知道为什么，我的气愤和难堪在几秒钟之内，迅速消失殆尽，余意的声音还没有断，正从听筒里传来："我问过许柏寒，他不介意，知桐，你也不介意吧？"

尽管面前是一堵墙，我依然在脸上做出一个虚张声势的笑容来："说什么呢？有什么好介意的。"

余意很满意我的回答，果断地挂了电话。

我不知道自己为什么没有果断地拒绝，也许，或者，可能，大概是因为，在我的内心深处，还存在着那么一丁点儿，我自己不愿意面对，也不愿意承认的眷恋。

我不记得我跟许柏寒有多少时日没有见过了，也不晓得现在他的样貌有没有改变。

我不知道他现在做什么，喜欢什么，穿什么风格的衣服，开什么牌子的车，节假日跟谁一起度过，人生理想实现了几何……

对我来说，许柏寒这个人，遥远得就像某处沙漠里隐藏的水源，我知道它存在，但我不知道它究竟在哪里。

很可笑的是，我们不是失散，不是天意弄人，不是造化，也不是阴差阳错。

没有那么多戏剧性的因素，我想造成这个局面的原因无非就是——我们憎恨对方。

【2】

周末前一晚，蒋无尽过来给我做晚餐。

奶油蘑菇汤的香味飘在厨房里，他系着黑色围裙在白色的案板上切着红色的番茄，对面那栋楼亮起万家灯火，我手里捧着一杯温热的水，无端端地，竟有点儿想流泪。

这样的场景不是第一次上演，每当我注视着蒋无尽的背影，即使没有言语，我都能从这份安静中体会到常人所说的幸福，为着这些，我甚至都能忘记从前命运对我造成的伤害。

蒋无尽在刚认识我不久，对我的朋友说过："只要孟知桐愿意和我在一起，将来的每一天，我都会像第一天一样对她好。"

他说这句话的时候，我并不在场，也许是去洗手间了，也许是出去接电话了，谁知道呢，反正我没听到。

事后，岁岁跟我讲，当时在场的姑娘们都发出了羡慕和赞叹的声音。

我不以为意，一开始不都是这样吗？没得到的时候，当然值得，

也愿意花些心思,费点儿心机,说几句好听的话,做做样子,有多难?

我没想到,蒋无尽不是做做样子。

他的手机里有一个计时的APP(应用程序),从我们正式在一起的那天到现在,是七百五十四天,两年多的时间里,一直是他迁就我,照顾我,就像第一天认识我那样。

他真的不是说说而已。

但是,两年多的时间,他并没有比第一天认识我的时候更了解我。

他从国外留学回来,想当然地认为我也爱芝士三明治、奶油蘑菇汤、鹅肝酱配白葡萄酒。

而我在有了些许人生阅历之后,也懂得了要珍惜别人的好意,纵然不那么心仪,也会微笑着全盘接受。

他兴致勃勃,我总不好意兴阑珊,在暖黄色的灯光下,白色的餐桌前,两个人低语浅笑,这何尝不是我曾经渴望的画面?

我对着镜子,跟自己讲,人的一生之中,爱与被爱的配额都极其有限,如果我的爱已经消耗殆尽,那么有人爱我的时候,我至少不应该破坏或者摧毁。

我与蒋无尽,貌合神离地相爱了七百五十四天,这是我一个人的秘密。

"明天余意的餐厅开张,我得过去。"在餐桌前,我说出了这句话。

蒋无尽头也没抬,只是问了一句:"需要我送你吗?"

"不用——"我顿了顿,心一横说,"听说许柏寒也会去。"

他拿在手里的刀叉明显有了一瞬间的停顿,竟然像什么也没听见似的点点头:"好,你们玩得开心点儿。"

坦白说，有时候我真的很讨厌蒋无尽这副样子，好像全天下他的教养最好。

我从没见过他生气，甚至连剧烈的情绪波动也没有过，那些在我看来应该大发雷霆的事情在他眼里全都是云淡风轻。

他从不约束我，哪怕我玩到彻夜不归，第二天他也只会跟我说记得带移动电源，昨天打我电话一直关机。

所有人都说我运气好，遇到蒋无尽这样温和的性格，我却暗自觉得，他缺少那么一点儿个性。

比如这一次，我提到了许柏寒，他却还是那么平静的样子，好像这个曾经被我刺在手腕处的名字就如同张三李四、阿猫阿狗一样平常。

我不相信他的心里没有一点儿波澜，没有一丝忧虑。

但是他就是这样，什么也不问，什么也不提醒。

他稳如泰山，百无禁忌。

我这样愁肠百结，焦灼不安，心头五味杂陈，他却只有在餐桌上一秒钟的慌乱。

而后他收拾好餐具，把它们洗干净，有条不紊地放进碗柜里，再来到客厅，在沙发上坐下，替假装看电视的我剥了一个新奇士橙。

我靠在他的肩膀上，习惯性地伸手去摸他后脑上那块凸起的伤疤。

【3】

赴约之前，我精心打扮过，下午还特意找来岁岁给我化妆。

如今的周岁岁，已经是本城身价数一数二的化妆师，我看过她给客人的报价单，当时我就惊呼"周岁岁，你不如去抢"。

她朝我翻了个白眼，说："你懂什么，一分钱一分货，我连给客人用的假睫毛都是一百多块钱一副,这个价,很公道。"

我穿了条小黑裙,酒红色的平底鞋,戴一堆墨绿色亚光耳钉,岁岁从头到脚将我打量了一番之后,轻声笑道:"你还真是用了心啊。"

女生看女生,眼光才最独到,知道哪些细节是刻意营造出的不经意。

岁岁手里的腮红刷从我的苹果肌上轻轻扫过之后,肌肤呈现出白里透粉的效果,我叹了口气:"岁岁,我觉得自己有那么一点儿老了。"

她扔下刷子,双手抱肘,安慰我说:"生活安逸,人才会老。"

我知道,无论怎么悉心装扮,现在我的肌肤都不可能与当初相比。

我说的当初,是与许柏寒一同度过的那些光景,那时候的我一张脸里满满的胶原蛋白,掐一下软得像能化开。

岁月的确是刻刀,一点儿一点儿地将人生雕琢成面目全非的样子。

有些事情真是解释不清楚,我看着镜子里的自己,还是那样的五官,还是那样的脸,可是孟知桐,分明已经变成了另外一个人。

下午五点半的阳光开始弱化,我和岁岁收拾好东西,出发前往余意的餐厅。

一个钟头之后,我们站在余意餐厅的门口,我侧过脸去对岁岁笑:"你看,我说对了,门庭若市,一点儿没错。"

餐厅的装潢典雅精致,古色古香,桌椅都是价值不菲的实木,餐具用的瓷器也是洁净透亮,从这些细节来看,余意的确是下了些功夫的。

他特意给我们几位老友留了个最里边的包间,服务生引导着我们进去，到门口时，我忽然停住了。

岁岁看了我一眼，我做了三下深呼吸，终于推开了那扇门。

你有没有过那种一辈子都无法摆脱某个人的感觉？

在推开门看到许柏寒的那一瞬间，我的灵魂已经落荒而逃，继而僵硬着走进去，热烈地与在场的每个人打招呼的，不过是孟知桐笨重的躯壳罢了。

许柏寒坐在餐桌前，似笑非笑地看着我，手里拿着一个打火机，翻来覆去地耍弄。

我尽量不去看他，装作对其他人的生活很感兴趣的样子，耐心问甲什么时候结婚，乙什么时候生宝宝，丙出门用什么牌子的防晒霜。

而其实，当我走进这扇门的那一刻开始，我的眼睛里就只有许柏寒一个人。

余意很快赶到，有他在永远不用担心冷场，吃饭期间大家交流了一下各自的生活状态，又一起讨论了一些不在场的人的八卦，嬉笑调侃过后，这个局也就算圆满了。

自始至终，我和许柏寒都没有主动开口谈论自己。

散场的时候，余意问我："蒋无尽来接你吗？"

我摇摇头："我回自己的公寓。"

许柏寒的神情没有丝毫变化，但我知道我刚刚说的这句话，百分之百落入了他的耳中。

我们的目光都停留在别的地方，但我们没有一分钟不在对视。

一个小时之后，我坐在许柏寒的车里，车速是一百二十迈，我的心脏跳到了嗓子眼儿，失重的感觉令我晕眩。

【4】

我的手机里，也有一个计时的APP，我只设置了一个事项。

我与许柏寒分开，已经有一千五百七十六天，起始日是他跟尹佩瑶一起去澳大利亚的那天。

一千五百七十六天后，我们在老友聚会上重逢，散场后，我们心照不宣地用借口甩开其他人，紧紧地拥抱在地下停车场内。

他穿深灰色的衬衫，卡其色的裤子，理一个圆寸头，身上有种阳光和樟脑丸混合在一起的气味。

我紧紧地抓住他的手臂，几乎崩溃地想，怎么办，过了这么久，这个人的一切还是那么符合我的口味，他像上苍为了我的喜好而特别制造出来的一个人。

我不知道别人的人生中是否也有过这样的一个瞬间。

你明明是恨这个人的，恨得咬牙切齿，恨不得他死，他在你的臆想中被千刀万剐了无数次，可是当你再见到他，当你再看见这个人的眼睛，你知道，那些恨的源头，除了爱，没有其他。

回到公寓里，我关掉手机，拔掉座机的电话线，反锁好门，以防蒋无尽突然造访。

许柏寒从客厅转到厨房，从杂物间转到卧室，然后毫不客气地坐在我的床上，眯起眼睛看着我。

我冷笑一声："你倒是不拿自己当外人。"

他不说话，只是朝我做了个手势，示意我过去。

我也真是没出息，犹豫了片刻，还是顺从了。

他的手比我记忆中的要粗糙，他这些年究竟做过些什么，我不得而知，也没有兴趣知道。

他解开我手腕上那块表带很宽的手表，摩挲着那个昙花的刺青图案，在这微妙的气氛中，我们都沉默了许久。

时间无声地流逝着，我听见他的呼吸变得越来越重，几乎要成哽咽了。

"什么时候的事？"终于，他抬起头，深深地凝视着我，问出了这个问题。

他问的是，什么时候，他的名字被改成了这朵昙花。

我面无表情地回答："你跟尹佩瑶去澳大利亚的第二年，我认识了一个男生，他对我非常好，为了回报他，我去找当初给我刺青的师傅，改掉了图案。"

我的声音非常平静，像在叙述一件与自己无关的往事。

而事实上，我在那时所经受的耻辱和痛苦，到今时今日想起来依然不寒而栗。

就是眼前这个叫许柏寒的人，曾令我的人生堕入那样的深渊。

说起来，那好像已经是很久之前的事情。

我自以为和许柏寒还很相爱的时候，打算去做一件如今看来有点儿老土的事情——我们打算把对方的名字刺在自己的身体上，用以宣扬我们年轻而不朽的爱情。

我们定了一个日子，可是当天许柏寒有点儿事情给耽误了，当我们去到文身店的时候，由于时间的原因，师傅只能刺一个人，另一个则安排在了第二天。

问题出来了，谁先刺？

事后我回想起来，不得不笑自己的愚蠢，事情已经那么明显了，我却一点儿端倪都没看出来。

我说："我先来。"

第二天，许柏寒失踪了。

【5】

我很清楚地记得，余意和岁岁帮着我一起找了许柏寒两三天，可是他就像蒸发了似的，完全没有音信。

我没法对任何人说我当时的心情,就连余意和岁岁也不知道,我心里藏着一个巨大的秘密。

我以为,许柏寒的失踪,跟那个秘密有关。

那个秘密在我的胸腔里像被发酵过一样,越来越大,变成一只凶猛的兽,几乎将我吞噬,哪怕是在白天,在强烈的阳光下,我也会害怕得颤抖。

多年后,我终于得到了一个解释。

在温暖的黄色灯光下,现在的许柏寒,有了一张比昔日更加棱角分明的脸,这张脸已经青涩退尽,因此看起来更加无情。

"当时佩瑶生病了,我一直在陪她,我没有通知你,也是不想你伤心,对不起。"他直视着我,目光没有丝毫闪躲。

对于他来说,这声道歉可有可无,即使迟到了这么多年,他也不因此觉得有丁点儿愧疚。

可是对于我来说,这句轻飘飘的"对不起",并没有使我丧失的尊严得到应有的补偿。

尹佩瑶,我只要一听到这个名字,就会有一种被人强迫灌下镪水的感觉,五脏六腑通通溃烂,痛不可当。

尹佩瑶爱许柏寒,这件事,我甚至比许柏寒知道得还要早。

在我们都还年少无知的时候,我就从她看许柏寒的眼神里洞悉了所有。

只是那时候我太年轻,年轻的同时便意味着盲目、狂妄、自以为是、不自量力——我过高地估计了我和许柏寒之间的感情。

那是一个一厢情愿地认为爱是世上最坚固的事物的年纪,我不是没有想过爱会有对手,但我以为对手无非是时间或者距离这些虚无的东西,我不知道爱的对手有时候会很具体。

尹佩瑶出身于一个非常富有的家庭,而我则正好相反。

跟她相反的不仅是我，还有许柏寒。

我有一个臭名昭著的赌棍父亲，而许柏寒有一个声名狼藉的母亲，某种程度上来说，我们是在同一个阶层成长的小孩儿。

为着自己那不成气候的血亲，从小到大我们都受够了街坊邻里的风言风语，那些人性中的猥琐和恶，使得我们还是一个孩子的时候，就过早地触摸到了生活的实质。

有人说，剥去鲜艳的果皮、饱满的果肉，剩下那个干瘪的、凹凸不平的核，才是人生的真相。

而我和许柏寒的人生，连那层鲜艳的果皮都没有。

我想，或许正是因为我们都生长在阴沟一般的环境里，所以才会有相同的气息、相同的面目，以及骨子里那种相同的狠劲。

因为被压抑得太久了，所以我们对于有一个光鲜亮丽的未来的渴求，才会比一般人强烈那么多。

我们都是为了达到某个目的，不惜伤害别人的人，我们都是为了自己想要的那样东西，可以不择手段，抛弃道德准则的人。

也正是因为这样，才会有那个秘密诞生。

有一天，许柏寒突然问我："你想不想弄点儿钱花？"

我毫不犹豫地说："想！"

他神秘地笑了笑，说："那你跟着我干点儿活儿。"

【6】

这么多年了，我一闭上眼睛，就能清楚地看见那个下着雨的晚上，那条路灯昏暗的街道。

事情其实很简单，我们都已经成年，有各自的虚荣心，有各自的需求，许柏寒想买个手柄游戏机，而我想买一条像样的连衣裙。

那条作为当季主打的大红色裙子，在我第一次看见它的时候，它

就在我的瞳仁里放了一把火，那把火从我的眼睛一直烧进了我的心。

我太渴望得到它了，那是我有生以来第一次那么渴望得到一样东西，在它面前，我的理智和道德溃不成军，皆成齑粉。

我要得到它，但是我没有钱，我的赌棍父亲连家里买米买油的钱都能拿去赌，他不会成全我这个卑微的愿望，而当时势单力薄的我能指望谁？

除了许柏寒，我还能指望谁？

许柏寒对我说："你不用动手，你帮我望风就行了，弄到钱我就给你买那条裙子。"

他在外面混的时间很多，有时候跟着兄弟去干点儿旁门左道的事，也能分着一些好处。

我得承认，在那个时候，许柏寒对我毕竟不薄，他就算身上只剩十块钱，也会分五块钱给我花。

除了相爱之外，内心深处，我们把对方当作盟友，对于出人头地，有一种心照不宣的默契。

为了那条裙子，我战战兢兢地跟在许柏寒身后，他已经把事情的大概跟我讲清楚了。

他无意中得知有个有钱人家的小孩儿从国外回来探亲，住在他爷爷奶奶家里，每天晚上要去上两个小时的书法课，他回家的时候，这条路上没什么人，最好下手。

如果说我没有一点儿害怕那是假的，但许柏寒条理清楚地给我分析了情况：他一个在国外长大的小孩儿，中文都讲不太好，又是大晚上，遇上这种事，肯定是花钱消灾，不会闹出什么大的动静来。

我死死地盯着许柏寒，心里在权衡，到底要不要跟他一起干这件事。

这时，他的声音像从天外传来，带着一点儿蛊惑，他问我："你不想要那条裙子吗？"

有那么一分钟，或者更长的时间，我从灵魂深处鄙夷自己，痛恨自己的软弱，竟然被一条红色裙子所挟持……可是，可是当我想起它挂在橱窗里的样子，我想象它穿在我身上的样子……

我想到，只要得到它，从此之后，我在芸芸众生之中就不一样了。

我会成为拥有一条红色裙子的女孩。

我要成为拥有它的那个女孩。

不知道什么时候开始下起雨来，我和许柏寒在黑暗处躲雨，他点燃了一支烟，冰凉的雨丝落在我们脸上，借着昏暗的路灯光线，我看到他的面孔上闪耀着一种奇异的光彩。

那是一种少年才有的凶狠。

在那个瞬间，我心里有种相依为命的悲壮感。

到了许柏寒预计的时间，那个男生果然从街口进来了，隔得太远，我看不清楚他的长相。

许柏寒把烟蒂狠狠地掷在地上，用脚踩灭，低声对我说了一句"情况不对你就跑"便冲了出去。

那是我一生中最漫长的十分钟，当我听见厮打的声音时，脑袋里仿佛核爆一般，已经不能动弹。

许柏寒像一阵风似的从我身边跑过，擦肩的那个瞬间，我听见他喊了一句"快跑"，而当我回过神来的时候，他已经从我的视野中消失了。

我如同行尸走肉般地看向那个倒地的少年，他趴在湿漉漉的地面上，一动不动。

有那么一瞬间，我以为他死了。

【7】

多年之后,衣冠楚楚的许柏寒,坐在我温暖的卧室里问我,他跑了之后,我到底做了什么事情。

我冷冷一笑:"我毕竟没有你那么歹毒。"

我鼓起所有的勇气走了过去,看到血液从那个男生头上的伤口里不断地涌出来,流到雨水里,变得很浅,很淡,但我没有看错,他的睫毛在颤抖。

我浑身湿透,却还是颤颤巍巍地蹲下去,问他:"你有手机吗?我帮你叫救护车。"

他艰难地从裤子口袋里掏出手机,放到我的手中,他的手很冷,我永远也不会忘记那种冷。

打完120之后,我像完成了赎罪一般,整个人都垮了,我不能控制自己地哭了起来。

那些断断续续的句子,像有了自主的生命般从我的口齿之间跑了出来:"对不起……我只是想要一条裙子……对不起……我只是想要那条裙子……"

这算是忏悔吗?也许吧,我不知道如何形容自己当时的情绪,痛苦远远超过了恐惧。

随着救护车的鸣笛声越来越近,我心里的罪孽感也越来越轻,在离开之前,我轻声问他:"可以不报警吗?"

他费劲地眨了眨眼睛,我当他答应了。

我和许柏寒提心吊胆地过了半个月之后,许柏寒把那条裙子买来送给了我。

说不清楚什么缘由,付出了那么大的代价,几乎泯灭了良知,才终于得到的东西,在我拿在手上的那一刻,魔法消失了。

我竟然一点儿也不想穿它,我甚至害怕看见它。

许柏寒冷冷地看着我，问我："嫌它来路不正吗？"

我直直地回视他："我没有要撇清的意思，的确是我们一起做的事情，将来有什么后果，我也跟你一起承担。"

或许我们之间的裂隙，就是从那个时候开始的。

出身在市井之家的我们，都想过更好的生活，富足，体面，受人尊敬。

但我们与生俱来的劣根性，我们的自私、贪婪驱使我们做出了连自己都不齿的事情，我们鄙视自己，厌恶自己，继而迁怒对方。

在事情彻底过去之后，我回想起来，我多么憎恨许柏寒要拉着我一起去做那件事，我明白他那种微妙的心理，就像一个小孩儿自己的作业没做完，就偷偷地把另一个小孩儿的作业给撕了，这样，当被老师批评的时候，就不那么孤单。

他知道跳进泥塘一定会弄得满身污泥，所以他拖着我一起跳。

我们一样肮脏，但这样我们就仍然是平等的。

那个受伤的男生没有报警，可我和许柏寒都在心里判了自己终身监禁。

多年后，他承认了这一点。

他盯着我，从牙缝里挤出一句话："是的，孟知桐，我何尝不恨你当初没有阻止我？"

我淡淡一笑："所以，你最后选择了跟尹佩瑶在一起，借助她的家庭，离开这个时刻提醒着自己是个人渣的地方，对吧？"

没有得到他的回应，我又问了个问题："为什么，你有没有想过，我会去告诉尹佩瑶这件事？"

像嘲笑我的幼稚，许柏寒脸上的神情很值得玩味："你不会，孟知桐，我知道你爱我。"

我平静地看着他，直到眼泪慢慢地涌出来。

真正的绝望,不是你爱上一个人,却发现他是个人渣,而是,你明知道他是个人渣,却还是无能为力地爱着他。

【8】

久别重逢的我们,在把从前该说的话说清楚之后,便像两位迟暮的老人,良久沉默无言。

事实上,早在一年前,我就知道许柏寒和尹佩瑶都回来了,而且他们已经订婚了。

这些都是岁岁告诉我的,她怕我忘不了许柏寒,无法全心地去爱蒋无尽。

单纯的岁岁担心我不幸福,却不知道我根本就是一个不配光明磊落地获得幸福的人。

夜深了,许柏寒起身道别,我擦干眼泪望着他,我知道这才是我们真正的诀别。

当年他为了摆脱自己的罪恶感,匆匆忙忙地跟着尹佩瑶一起去了澳大利亚,连句交代都没有就从我的生命中消失了。

我们是对方的疥疮,只要看见对方,就会想起那段不堪的过去。

现在的我们,说是通过努力也好,手段或者心机也好,总之我们曾经渴求的生活,现在都已经成了现实,没人再拿他母亲作为把柄攻击他,而我,除了每年清明之外,也不需要再面对我的父亲。

这样就很好了,对不对,亲爱的?不管怎么样,我们都成功地摆脱了自己的出身,成为我们年少时所梦想成为的人,再也不会有人欺负我们,看不起我们,我们的脊梁可以挺得笔直。

重要的是,我们再也不会为了一个手柄游戏机、一条裙子,而去做违背良知的事。

但我们真的真的不要再见了，我们不要再让对方的存在，时刻提醒着我们内心最隐秘、最痛楚的那部分。

许柏寒离开时，路过书房，无意中瞥见了照片墙。

当他看到我和蒋无尽的合影时，他的脸上露出了我只在恐怖片里才看到过的表情。

【9】

"怎么了？"我问。

"你知道他是谁吗？"

"他是蒋无尽，我的男朋友。"

"他就是当年我们抢劫的那个人。"

……

"你确定是他？"

"知桐，那件事是插在我心脏上的一把刀，你认为我会忘记他的样子吗？"

【10】

我挣扎了很久很久，终于决定向蒋无尽坦白这一切。

比起内心的不安和煎熬，失去一个我并不是那么爱的人，我觉得这很公平。

事实上，当我做出这个决定的时候，我几乎觉得这是一种幸运，在此之前，我从未想过有生之年我还有机会清洗我年少时所犯下的罪责。

我愿意以失去蒋无尽作为代价，只要我能找回那个干干净净的自己。

然而，我万万没有料到的是，蒋无尽说，他知道。

他显得非常平静："我第一次见到你的时候，就认出了你……我其实暗示过你，你知道——"他笑着说，"我的后脑勺儿有块疤。"

我瞠目结舌地看着他，"你在国外长大，我以为……"

他咧嘴一笑："是啊，在国外长大，没被列强欺压，反而回来遭遇同胞暗算。"

我跟着他一起笑，直到笑得满脸眼泪。

在我提出分手之前，蒋无尽阻止了我，他的眼睛浩瀚平静，而忧伤藏得很深很深。

他说："我原谅你。"

他说："在那天晚上，你哭着说你只是想要一条裙子的时候，我就已经原谅你了。"

我一动不动地看着他，那一刻，我才真正觉得自己得到了宽恕和救赎。

隐藏在我心里，无数个日夜折磨着我的秘密，终于结束了，那个在雨夜里为着一条红色的裙子，而跟着同伴去打劫的少女，终于彻底脱胎换骨。

那些我曾经以为会与我终身相随的不堪和肮脏，从身体里彻底退尽，生命终于重新变得洁净起来。

如果说我爱上了蒋无尽，那么，就是在这一刻。

不只是爱，还有深深、深深的感激。

而后的日子里，我依然会想起许柏寒，我曾经的爱人，我的盟友，我们曾经破损而热血的青春。

多年前，我曾经读过一句话："君乘车，我戴笠，他日相逢下车揖。君担簦，我跨马，他日相逢为君下。"

意思是说，如果将来你乘车，成了有地位的人，而我还是戴斗笠的农夫、平民，那么有朝一日，我们重逢了，你还是会下来问候我。

如果将来你撑着雨伞在路边，而我骑高头大马，某天我见到你，也会下马来迎接你。

古人用简简单单的几句话，就表达了不忘贫贱之交、友谊之深矢志不变的决心和愿望。

无论身份地位有多大差别，朋友就是朋友，不会因地位而产生距离。

年少时我曾想，我和许柏寒之间，一定也要维系这样的情谊。

斗转星移，当我们真的再在世间相逢，往昔的感慨和情怀都已经随风飘散，所幸，我们最终得到了原宥。

那么，余生的日子，就请你好好珍重。

在你离开我的那天，我便知道，你的人生，将会抵达新的彼岸。

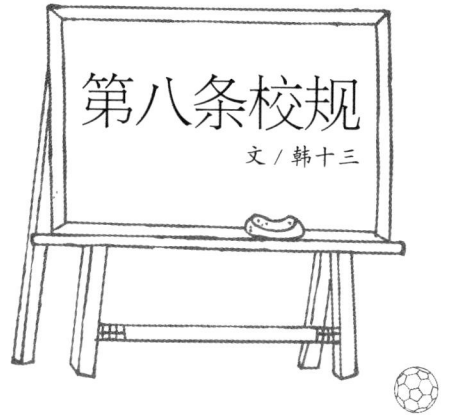

第八条校规

文/韩十三

静静地站在他的身旁,披着他的外套,轻轻地闭上双眼,虽然是在秋天,但她似乎闻到了沁人心脾的玉兰花香,看见了满满一树冰清玉洁的花朵。她说:"还记得上次你问我的那个问题吗,沈岸?现在,我回答你,就算全世界都躲着你,远离你,我也愿意做你唯一的朋友,直到永远!"

——韩十三

【禁忌第八：远离沈岸】

　　被父母强行掠走了手机、iPad（苹果牌平板电脑）、手提电脑，丢进这所建在深山里的寄宿制学校时，乔小安是颇有怨言的。

　　学校是一座老旧的德式建筑，据说为当年的传教士所建造。

　　更为扯淡的是，这所仿佛被时光抛下了整整一百年的学校，几年间居然为社会培养出了很多出类拔萃的人才。少年作家、知名记者等。可号称电子杀手的乔小安从骨子里讨厌这所看起来美得令人窒息的学校，望着沿着青砖围墙铺满了整个校门的苍绿色藤蔓，从爸爸的豪车里跳下的乔小安暗骂一句，头也不回地向着学校走去。

　　在这里，一切身份地位都失去了意义。

　　这里有商店，可是兜售的全都是可以放进博物馆里的东西，而且买东西要用特殊的"黑石校币"。这不重要，重要的是，所有的黑石校币，必须亲自做工才能得来。这一点，无疑是将从小衣来伸手、饭来张口的乔小安架到火上烤。

　　其实，刚进校门的时候，乔小安就看见那几条用铁凿子刻在石碑上的校规了。

　　"校规？呵呵，那是什么东西哦？"

　　这样想着，从来不把任何规矩放在眼里的乔小安忍不住从书包里掏出紫色的唇彩，在那几条校规上画满了搞怪的鬼脸。可是，当她画到最后一条也就是第七条的时候，手指不小心碰到了下面的藤蔓——枯黄败落的藤蔓下面好像还有第八条校规，但是被挡住了。

好奇心作怪，乔小安弓下身来，轻轻扒开藤蔓的枝叶：那里的确是有第八条校规的，可是字体明显显得稚嫩了很多，刻得也很浅，石碑因为潮湿而长满青苔，不仔细去看根本看不见。

"肯定是哪个捣蛋鬼胡乱加上的啦。"

这样想着，乔小安扯掉了挡住视线的所有藤蔓，将一个个字串联起来，缓缓地读道："禁忌第八：远离沈岸。"

"沈岸是谁，那是个人名吗？"

乔小安的嘴角露出一抹轻蔑的微笑，从来她都是学校里的传说，而在这所名叫黑石中学的学校里，又怎能允许那个名叫沈岸的家伙抢尽了自己的风头？

前来接应的老师，此时已经等在老旧的教学楼门口。看到乔小安后，她面无表情地打了一个手势，便带着她向着教室走去。

乔小安已经忘记自己是怎样度过那看似平凡却又艰难无比的一天的了，直到晚餐时，一整天没有进食，肚子咕咕叫的她才感到了自己的窘迫。学校食堂要用饭票，而饭票是要拿黑石校币来买的，眼下曾经挥金如土的乔小安却身无分文。

空荡荡的橡木长桌前，坐在凳子上的乔小安守着空荡荡的饭碗。她拿出了偷偷藏在书包里的第二部手机，打算向一向溺爱自己的爸爸求救，可是突然发现，居然没有信号！

她几乎要发飙了，而身边的所有人都仿佛那么冷漠，吃饭的时候甚至不发出任何声响。

"嘭！"

正当乔小安沮丧不已的时候，一个盛满香喷喷饭菜的铁制饭盒重重地丢在了她的面前。饭盒砸在桌子上的声音,在寂静的食堂里显得那样刺耳。

抬头看时,乔小安却发现对面站着的那个身材高挑儿的男孩只能用"奇怪"二字来形容。

最显眼的是那副遮住了半张脸的面具,面具是黑色皮革做成的,眼睛部位镂空出了一个洞。从露出的另外半边脸不难看出,对面站着的还是一个美男子。只不过,那俊俏的脸看起来是如此冷。

他脸部和嘴角的弧线,都完美得无可挑剔。

在嘴角轻扬,露出一个寡淡的笑容后,他已经远远地向着餐厅门口走去。

"嘿,你是谁啊?"

对面消瘦的背影没有回答,唯独身边一个瘦弱的女生伸出手来拉了拉乔小安的裙摆,压低声音,小心翼翼地说道:"快坐下吃饭吧,他就是沈岸。"

沈岸这个名字,从女孩口中说出时,是那样恐惧,仿佛是一个不允许打破的禁忌!

【铁盒怎么会发芽呢?更何况是在万物凋敝的深秋】

咕咕作响的肚子让乔小安不得不暂时放下长久以来的优越感。

因为地处山区,黑石中学的秋天似乎也来得比其他地方早一些,虽然才是十月中旬,学校巨大的法国梧桐树叶已经片片掉落,在老旧的水泥地面上铺了厚厚一层,而帮那名驼背校工打扫落叶是可以赚到三张黑石校币的。

"嗨,大叔,你认识那个叫沈岸的家伙吗?学校里其他同学仿佛都很怕他!"

向来性格开朗,以话多著称的乔小安最终还是按捺不住好奇,紧跟几步，追上了弓腰将落叶丢进垃圾车里的校工。她突然觉得这里的人似乎都很怪，就连校工也跟其他学校里的不同。

乔小安看见校工的动作停顿了一下，努力挺直了弯曲的后背，正期待着他能说些什么，可是，伴随着长长的一声叹息，脊背重新弯了下去。

"大叔，你肯定知道些什么对不对？快告诉我啊，我保证不告诉任何人！"

然而，面对乔小安的追问，校工仿佛没有听到似的，继续着手上的动作，速度似乎比刚才快了些。

"哼，无趣！"

乔小安掏出手机，从背后拍了一张校工的照片，注明"黑石学校里的怪老头儿"，想要发到微信朋友圈，才突然想起这里根本就没信号。

好在，那天下午乔小安成功地从校工那里领到了三张黑石校币，这样一来，至少明天的餐饭有着落了，总不能还指望那个名叫沈岸的怪人把饭盒摔到自己面前吧。一首歌里不是唱过吗："吃了我的给我吐出来！"无风不起浪，没虱子不痒痒，想来，那个师生口中讳莫如深的家伙绝非善类。

其实，虽然是禁忌，但是同学们之间关于沈岸小心翼翼的流言还是有的，而这其中大家最关注的仿佛就是他的"半面妆"。

"嘿，你们知不知道，沈岸的另一半脸其实毁了，他得了一种怪病，另外半张脸上长满了脓疮，很恶心的。"

"对，对，据说那种病还会传染，所以他一个朋友也没有，成为黑石中学的禁忌，连父母都不要他了呢！"

"这也正是他在黑石中学整整七年没有升学的原因，你想啊，哪所大学会要这样的家伙啊！"

……

每次听到这些流言时，乔小安就表现得很有兴趣地凑过去，可是，那群同学一旦发现有人接近，就立马收声，谈论起其他的事情来。

而其中最让乔小安感到好奇的那个传言是关于名叫唐歌的女孩，有人说，只有在面对唐歌的时候，沈岸才会摘下面具。

还有人说，唐歌最终被他杀死了！

想来，从来不服输的乔小安就是那个时候产生摘下沈岸的面具这个念头的。虽然心里有些惴惴不安，但她断定，能够无偿帮助新同学的沈岸不会太坏。

可是，平常想要见到沈岸仿佛是件很难的事情。

因为早就应该毕业了的他不在任何一个班级，而是成日把自己反锁在一间废弃的办公室里，不知道搞些什么名堂。让乔小安无法理解的是对于他死赖在学校里不走的怪异行为，校领导居然听之任之。

乔小安再次偶遇沈岸，是在两个星期后的一个雨天。

当时天已经完全黑下来，因为下着冷雨，同学们也全都回到了宿舍，乔小安咒骂着回教室去取手机，宿舍里没有电视，没有电脑，仿佛还处在青铜时代，手机虽然没有信号，但至少可以用来听歌。

快速跑过教学楼侧面的小山坡时，几乎已经被冷雨淋成一只落汤鸡的乔小安听到了一种窸窸窣窣的怪异声响，那声响夹杂在细碎的雨声中，在这样寂静的夜里显得格外清晰。

她忍不住回头看时，便看见昏黄的路灯下那个熟悉的黑色身影，雨水正从他的衣襟上滴滴答答地落下来，被打湿的头发贴在额头上，半张皮革面具反射着惨淡的灯光。乔小安能清楚地看见沈岸乌青的嘴唇抖动着，好像很冷的样子。从他的动作来看，沈岸似乎用手在低缓的小山坡上挖掘着什么。

乔小安鬼使神差蹑手蹑脚地走到沈岸身后仔细去看，才发现他正用双手小心翼翼地将一个生了锈的铁盒从土里挖出来，细长的手指上沾满了泥土。

在对着铁盒仔细观察了一番过后,沈岸仿佛知道身后有人似的,略带惆怅地说道:"都三年了,它还没发芽!"

铁盒怎么会发芽呢?更何况是在万物凋敝的深秋。

"这个铁盒是唐歌的吧?"

不知道为什么,那一刻,看着沈岸失望的样子,唐歌的名字突然就浮现在了乔小安的脑海里。

"你怎么会知道唐歌?是谁告诉你的!"

原本平静的沈岸仿佛受到了什么刺激,"唰"地站了起来,猛地抓住了乔小安的肩膀,目露凶光。乔小安感到了前所未有的恐惧,他的手抓得很紧,似乎就要陷进肉里捏碎她的骨头。

条件反射般地,乔小安握住沈岸的手,张口狠狠地咬了下去,在后者吃痛收手时,抬起脚来狠狠地踢在了他的小腿上,然后头也不回地跑了。一口气跑到三楼,确定沈岸没有追上来,乔小安才停下脚步,缓缓地走到了窗口,缩头缩脑地向着小山坡的方向看去——沈岸怀里的铁盒不知道什么时候掉落了,细碎的物品撒了一地,此刻,他正蹲在地上一件一件捡起来,每捡起一件都会在衣服上一丝不苟地蹭掉泥土。隐约可以看见,物品中有一个素描本、几支长短不一的画笔,还有几个公仔玩偶。看样子,那些东西不是属于沈岸就是属于唐歌的。

对了,沈岸从地上捡起来的物品中还有另外半张面具,雨中的他曾把那半张面具举到眼前,长久地注视。

【唐歌变成那棵花树了,等到明年四月,就会开满白色的鲜花】
沈岸是个疯子!

这是乔小安在那天的经历后得出的结论,但凡是个正常人都知道钢铁是不可能萌芽、开花、结果的。

只是一个因为精神问题无法升学的差生而已,她这样想着,不禁苦笑一下,原本还对他充满了兴趣呢,真是无聊。

课间嘈杂的教室里,乔小安这样想着。

"乔小安!"

一个熟悉的声音在门口响起,虽然不是很大却仿佛拧掉了整个世界的开关,周围的空气变得死一样寂静。等乔小安抬头去看,才发现,大家全都目瞪口呆地看着自己,看着这个居然胆敢与门口的第八禁忌有交集的女生。

"他该不会是来找我报仇的吧?"

想到这里,乔小安头皮一阵酥麻,索性将一只铅笔刀握在手中,在众人诧异的目光中走向了门口。走到门口时,沈岸已经率先向着走廊上一个安静的角落走去了,乔小安只得不远不近地跟在他身后。

"嘿,你有什么事情就在这里说吧,实话告诉你,我跟其他人不同,才不怕你!"

乔小安提高了分贝,想要以这种方式给自己壮胆。

果不其然,沈岸停下了脚步,转过脸来看着乔小安,嘴角微微上扬。

这家伙居然在笑,这个被自己咬了一口的家伙居然在笑,而且那半边脸上的笑容是如此温暖,看不出一丝恶意。

"乔小安,我们做朋友吧,你不害怕我,所以只有你才能跟我做朋友,就像唐歌那样,她曾是我唯一的朋友!"

"朋友?"乔小安呢喃着这个再平常不过的名词,她才不想跟精神有问题的家伙做朋友,哪怕这家伙貌若潘安。她想转身就走,可是,对面的男孩似乎又有种神奇的魔力,吸引着她不由自主地一步步靠近。

他,到底是一个什么样的人呢?

"那唐歌呢,她去哪里了?"

伴随着乔小安的问话,沈岸的笑容僵在了脸上,似乎经历了很久的心理挣扎后,才走到窗边,指了指窗外那棵巨大的广玉兰树。

"唐歌变成那棵花树了,等到明年四月,就会开满白色的鲜花,很漂亮的。"

乔小安确定沈岸是个疯子了,她转过身,打算从此以后彻底跟这家伙划清界限,她才不管面具后面的那半张脸到底是貌若天仙,还是爬满蛆虫。

【鲜血浇灌的玉兰花】

说什么"军事化管理的学校可以锻炼人的自理能力,成年以后能更好地融入社会,变成出类拔萃的人才",一切都是鬼话,在这里,只能把人逼成一个像沈岸那样的疯子。虽然天才跟疯子往往只差一步,但很多人是不懂得悬崖勒马的。

所以,乔小安打算逃跑了。

其实,这些日子她曾仔细观察过,学校的围墙并不高,而且,午后校园西北角教学楼的巨大窗玻璃会将阳光反射到保卫室,那时,保卫室的保安人员在刺眼的反光下很难看清那个位置的情况。一不做二不休,她决定就从那个位置的围墙处翻出学校,然后沿着盘山路一路向下,奔回到那个有电脑、有手机、有Wi-Fi(无线网络)的世界。

终于等到一个晴朗的午后,借故肚子疼留在宿舍的乔小安将所有东西装进一个巨大的登山包,迂回到了爬满枯败藤蔓的围墙处。

她先是将背包举到了墙头,然后跳上一块凸出来的山石,正打算一跃而上,一去不回,却有一双大手轻轻地拍了拍她的肩膀:"乔小安,你要离开这里了吗?"

转身去看,乔小安差点儿被那半张脸吓得从石头上掉下来。

"你怎么会在这里？你离我远点儿好不好？"

"天就要黑了，你走不出大山的，小时候我跟唐歌也想要逃跑，可是最终还是被困在了山里，而且山里有野兽，很危险！"

"小时候？难道你很小就在这里了吗？"

沈岸没有直接回答乔小安的问话，而是从口袋里掏出一本皱巴巴的蜡笔画册，举到了乔小安面前。

乔小安只得不情不愿地接了过来，才翻了前几页，她就被里面的内容吸引了，因为那不仅仅是一张张略显稚嫩的蜡笔画，一幅幅串联起来，还是一个故事。

画面中，两个孩子从小生活在一组开满鲜花的德式建筑群里。

很明显，那个建筑群就是这所学校。

他们手拉着手跟其他人一起唱歌，他们坐在小山坡上共同画一张蜡笔画，他们偷偷从食堂里偷了面包去喂树林里的小松鼠。而在他们身边生活的那些大人们，每个人都穿着斑马一样的病号服，只有小女孩和小男孩的着装不同，像花草树木一样，伴随着季节的变化变换着绚丽的色彩。

不知不觉，乔小安已经深陷在整个故事中。

而让她感到不安，甚至是恐惧的，是最后几幅画。

那几幅画，画的都是那棵巨大的广玉兰花树。

玉兰花树在春天光秃秃的不开花。

玉兰花树不开花。

一年年过去，画面中的孩子已经长成两个少年，他们甚至自制了同样的面具戴在脸上，以此来显示自己是那样与众不同。他们在童话里看到过戴着面具的武士，期望有一天这样的武士能把他们从这里解救出去。

可是，玉兰花树依旧不开花。

终于有一天，女孩想到了一个办法。

画面中，一袭白裙的女孩倒在枯萎的玉兰花树下，鲜血从她手腕处流出，染红了白裙，她想要用这种方式来浇灌那棵花树。

而第二年，玉兰花树上的花果然肆意盛开。

乔小安倒抽一口凉气，连忙合上了那本画册，抬头看时，才发现沈岸已经不见了，而身边的岩石上却放着另外半张面具。

哗啦，哗啦。

不远处，那名驼背的校工又在扫落叶了。

这种情况下，乔小安只得暂时打消出逃的念头，她怕那校工会告密，要知道，这所学校对于逃学的学生处罚得很严厉的，会被关禁闭，他们信奉的是只有严格的要求，才能取得最好的成绩。

可是，乔小安佯装无事地从校工身边经过时，从不说话的校工却对她冷冷地说道："你看到那本画册了吧？"

乔小安停下脚步，只得微微点了点头。

"他们俩这里都有问题。"校工伸出手指，点了点自己的太阳穴，"小时候严重自闭，后来又受到了失去家人巨大的刺激加剧成了幻想症。他们家长是在不得已的情况下才将他们送到这里的。说来也巧，原本不认识的两家人是同时将他们俩送到精神病院的。而那天，送家长回城的小车，在大山里遇到了泥石流，两家人全都死了。没办法，医院只能永远收留了他们！"

"精……精神病院？这里不是学校吗？"

"呵呵，这所学校是九年前才买下这块地建立的，在此之前，这里就是一家精神病疗养院。"

说话间，校工已经放下了工具，率先穿过一道小门，向着楼上走去，并且示意乔小安跟上来！

五楼，在那间神秘的废弃办公室前，校工掏出一把钥匙。

随着钥匙的转动,房门"吱呀"一声被推开了。

里面有两张床,一张属于校工,另一张不言而喻是属于沈岸的。

狭小的房间里,贴满了当年精神病院的照片,还有一块油漆斑驳的木牌,上面用红漆写着几个大字——黑石精神病院!

"现在你明白了吧,我一直在这里当园丁,从他们刚来这里时就在。后来,学校建立,那些有家人的精神病患者都被遣返回家了,沈岸和唐歌无家可归,只能留在这里,我也选择了留下。如果我不留下来,这两个孩子恐怕根本无法生存!"

"你是说,你一直在默默地供养着他们?"

校工微微点了点头。

"这不重要,重要的是,你以后千万不要再跟沈岸有任何来往了,这对你、对他都没有什么好处。他的精神很不稳定,恐怕会伤害你。"

听着校工的话,乔小安仿佛想到了什么:"那刻在门口的第八条校规也是你……"

校工默默地点了点头。

"那唐歌呢?"

"死了。"

虽然校工的声音冷冰冰的,但依然难掩悲痛:"这个傻孩子以为童话里说的是真的,用自己的血浇灌花树,结果,发现得晚,没救回来。"

"可是,那画中的玉兰树真的开花了啊。"

乔小安似乎也有些深陷在故事中不能自拔了,抬头向校工看去。

校工微微一笑:"那是另外一棵广玉兰,是事情发生以后,我去山下买来移栽在原地的。可怜的是沈岸这孩子,他从小只有唐歌一个朋友,我不想让他连最后一丝希望都破灭。"

……

【玉兰树的果实】

从那间神秘的房间里走出来以后,乔小安长长地舒出一口气。

骨子里,她是感激老校工为自己所做的一切的,这位善良的老人,把自己的一生都奉献给了这两个孩子。

她想,我是能够理解沈岸和唐歌的。

小时候的自闭,失去亲人的巨大悲痛,让他们把所有的希望都寄托在了美好的童话里,期待着枯萎的花树能够重新发芽,家人能够起死回生。比如,沈岸曾把铁盒埋进泥土里,希望能长出另外一个唐歌。

尽管校工是为乔小安好,让她远离沈岸,但是乔小安忍不住再次翻开了那本蜡笔画册。

后面的几张画,应该全是沈岸画的了。

她知道,那不仅仅是一幅幅画,还是他的整个希望。

画面中,遮天蔽日的玉兰花树下,一个戴着面具的男孩抬头仰望,一片片白色的花瓣迎风掉落,而花瓣落尽的地方长出了一个巨大的绿色果实,后来,果实一天天长大,终于有一天,长出了一个穿着白色连衣裙的女孩,女孩戴着跟他一模一样的半张面具。

而且,她还意外地发现了一张夹在相册里的照片。

仔细去看,照片中的女孩长着跟乔小安极为酷似的一张脸。

也许,正是因为这一点,一直小心翼翼地生活在暗处的沈岸才会放下防备,一点点接近她吧?

乔小安下定决心去做那件事情之前是经过了一番思想斗争的。

因为当她在室外气温不足十摄氏度的深秋,穿上一件薄薄的白色连衣裙,戴着面具,爬上楼下那棵玉兰花树时,她要承受的不仅是刺骨的寒风,还有全校师生诧异的眼光,背后的非议。

但是,她最终还是这样做了。

玉兰花树下，从楼上跑下来，气喘吁吁的沈岸正目不转睛地盯着玉兰花树上结出的果实。

弓身看去，乔小安能清晰地看见他眼中闪烁的泪光。

许久，树下的男孩终于开口对着树上的果实小声试探着问道："你是唐歌吗？你的名字不是叫乔小安吗？所以，你不是唐歌！"

于是，树上的乔小安就笑了。

"我开花的时候叫唐歌，我结果的时候就叫乔小安了。"

树下的男孩在笑，树上的果实也在笑。

那一刻，她忽然不再担心接近沈岸，因为她无比清楚地知道，那个名叫沈岸的男孩不会也绝对不允许其他人，做出任何一丝伤害她的事。

因为她坚信，每一个固执地相信着童话故事的孩子，心灵最深处都是美好的！

……

静静地站在他的身旁，披着他的外套，轻轻地闭上双眼，虽然是在秋天，但她似乎闻到了沁人心脾的玉兰花香，看见了满满一树冰清玉洁的花朵。

夹页中的枯蔷薇

文 / 橘文泠

有一首情歌是这么唱的:"你我相约定百年,哪个九十七岁死,奈何桥上等三年。"在重新开始在人世的旅程之前,青年一定是在死亡之地苦苦等待了很久,久到那种痛苦无论怎样都磨灭不了,他甚至带着所有记忆开始新的生之旅途。这痛苦里必定包含着无法言传的愤怒。

——橘文泠

【1】

现在是下午四点五十分,到了五点图书馆就该闭馆了。杜苓收起刚还回来的几本书,向馆区深处走去。

和往常一样,到了这个时候已经没有同学再来借书、还书,负责图书馆的老师也因为家里有急事先走了。整个馆区就剩了她一个人,脚步声在偌大的空间里回荡,更显出四周的空旷安静来。

最后一本书的位置在架子的最高层,她爬上扶梯踮起脚才勉强够到,放好了书正要下去,却发现在这个架子与墙的缝隙间夹着一本书。

她皱了皱眉。

杜苓是个爱书之人,所以连勤工俭学都选了来图书馆帮忙,平日里归放书籍的时候她都是亲力亲为,但如果她不在而还书的人又比较集中时,老师忙不过来,就会让一些同学自行把书归到架子上。

这肯定是谁放的时候不小心,往里推得太多才会掉下去。

"真是的,也不知道捡一下……"小声抱怨着,杜苓赶紧跳下扶梯,顾不上缝隙里的灰尘,伸长手臂去捡那本书。

书很厚,在缝隙中卡得有点儿紧,颇费了她一番力气才拉出来,所幸除了封面上的折痕之外似乎毫无损坏。

她不放心，从头翻看确认有无损坏，却发现书中有一张对折的纸，里头夹着一朵干枯的蔷薇花，纸上还写着寥寥数语。

"啊！"她扫了一眼，却惊得把书摔到地上。

给杜芩：

今天下午十七时十分老地方见。

背靠着墙，她大口喘气，瞪着纸上遒劲有力的笔迹——那张纸从书里掉了出来，摊开在一边，蔷薇花横在上面，枯黄的花瓣上只剩了一点儿残红还在暗示昔日的鲜艳丽色，显然已经在书中夹了很长一段时间。

对，很长时间……看这张纸的边缘都泛黄了，还有那句话，是繁体字？

她像溺水的人抓住救命稻草一样抓住这些细节，然后迅速做出一个全新的判断，这张纸一定是很多年前就由某人夹进书里的——这所大学有百年多的历史，图书馆也建了几十年，会有这种私人的物品遗留一点儿也不奇怪。

对，一定是这样。

再次做了一个深呼吸，她鼓起勇气捡起书和那张纸，又仔细看了一遍。

然后失声笑了出来。

原来那开头的三个字是这样的：给杜芩

她多看了一点。

"哈——"杜芩掩着嘴低声笑，可笑着笑着便出不了声了，酸涩的感觉涌上了心头。

其实她并没有害怕，只是太惊讶了，可到头来发现是误会一场，松了口气的同时却还是感到一丝失望。

真是够了……用力地甩甩头，她自嘲地笑了笑，事到如今，她还能期望什么，谁还会给她留言？

将花与纸又夹回书中，她看了看书名，只知道似乎是德文，这种书除了德语专业的师生，很少有其他人会借阅，就让它继续静静地放在这里好了。

或许有一天，那个杜芩还会看到这条留言。

将书归到了小语种读物书架，她返回工作区，收拾起自己的东西，关灯，离开。

关门的时候钥匙转得有些不顺，折腾了好一阵才锁上。

转过身，她吓了一跳。

有个人站在十几步开外，这个点室内光线不好，她看不清对方的样子。"谁啊？"她问道。

阴影里的事物总让人有点儿恐惧，不论是人或者其他。

"还好没迟到……时间刚好。"那个人开口说话了，有点儿低沉的男声，然后他走近了一些，隐约可见柔和的面目。

陌生人。

可他的语气好像他们熟识已久："我给你留的字条你看到了吗，小杜？"

她张口结舌地看着他，下一刻，眼角的余光瞥见了墙上的挂钟——

十七时，十分。

【2】

"你是谁？"

这情况太诡异了，她有点儿恐慌起来，三步并作两步跑到楼梯口，"啪啪啪啪"一下子把所有的开关都打开了。

走廊里顿时光明大放。来者的样子随之清晰地呈现出来。

英俊的脸庞，目光干净温和，只是有一点儿迷惑。

青年似乎被她的行为搞糊涂了："我是谢辛啊。"

"我不认识你！"她几乎是在尖叫了，"你来这里做什么？"

这或许是有些反应过度了，人家或许只是来借书的？或许刚才……是她听错了？她心里有些惶恐，但又觉得自己是真真切切地听到了那句问话。

总之就是很奇怪……

然而听了她的问题，青年的表情从疑惑转成了不安："我当然是来接你的，小杜……"

她没容他说完。"你胡说什么！"她说道。

这回她是真的被吓到了——每个星期的周二、周四和周六三天是她勤工俭学的日子，因为五点后校园的这个区域行人有点儿少，现在秋冬交接的时节日短夜长，那个人总是说担心她的安全，所以总是来接她。

可是，那个人不是谢辛。

不是眼前这个人……

那个人，甚至都已经不在了！

"来接我的是杨希！至于你我从来就没见过！"她恼火起来，这是谁开的玩笑！谁竟然用杨希的事来和她开玩笑！太过分了！

"你……"她急得眼泪都落了下来，那自称谢辛的人见状忽然冲过来一把抓住了她的手。

"放开！"她用力一甩，无奈对方握得死紧，正想更用力地挣扎，忽然脸上传来轻柔的触感——

谢辛正小心翼翼地擦去她的眼泪。

她一下子蒙了，一个存了恶意的人是不该有这样温存的举动的，于是停止了挣扎，怔怔地听他说道："我就觉得不该那么快让你复课的，果然还是不行，你放松点儿，按我说的做……深吸一口……"

他低沉的声音很好听，更莫名有种似乎能安抚人心的力量，她不知不觉按他说的做了，深呼吸，平复心跳，闭上眼睛。

"我是谢辛，我才是那个经常来接你的人，那个杨希只是你笔下的人物。想起来了吗，小杜？"

眼前是一片昏暗，然后她听见了谢辛的声音，混沌乍然明朗。

再睁开眼时，眼前谢辛的面貌陡然生出了熟悉的感觉。

"想起我是谁了吗？"青年仍然有些担忧。

她努力想了一下，一些记忆浮现出来，于是她点了点头。

谢辛终于松了一口气。

随后他说要送她回家，他们关了灯，一前一后地走出了图书馆。一路上谢辛一直在说话，说一些从前的事，他说到哪里，相应的画面便会出现在她的脑海里。

混沌的思绪开始变得清晰。

她意识到在自己身上发生了不同寻常的事——最后，谢辛也终于说到那部分了。

大约在半年前，当时她正在写一部小说，其中男主角的名字就叫作杨希，当然啦，所谓艺术来源于生活，这个角色的很多特点她都是以谢辛为原型来刻画的。

"大概就是因为这样吧，你总是想着这个杨希，那时还常常开玩笑说不知道我和他到底哪个才是你的恋人。"谢辛用半真半假的不快语气说道，颇有些抱怨的意味。

她隐约记得是有这么回事，不由得抱歉地笑了笑。

而当那部小说完成后，一天她应编辑之邀去商谈出版的事宜，却在路上遭遇了一桩不大不小的车祸。

性命无忧，但头部受了撞击，一开始出现了失忆的症状，后来发

现问题比这更为严重。

"你把那个杨希当成了真实存在的人物,却把我给忘了。"谢辛很哀怨地说道,那夸张的表情逗得她忍俊不禁。

她不太记得治疗的过程了,但想来自己的这种状况一定让谢辛非常困扰。

作为幼年的玩伴、如今的恋人,谢辛对她多么用心她非常清楚,只是这种认知上的倒错是脑损伤所致,实在不是她所能控制的。

现在想起来,之前她要求复课时医生也劝阻过,说是最好再多观察一阵,偏她不信邪,总觉得自己已经痊愈了。

看来还是有必要再休学一段时间,直到这种认知障碍完全消失才好。

她心里盘算着,冷不防谢辛一拽她。

"到了。"他仰了仰下巴,有些无奈地笑着。

好吧,她连家在哪儿都忘了。

【3】

这栋两层的小洋房,熟悉而又陌生。

说陌生是因为她记得的细节都是模模糊糊的,踩上去咯吱作响的木地板,走廊上厚重的窗帘,她只能回忆起一些自己和谢辛幼年时在这里玩耍的片段,而这些片段也像水中花、镜中月,轻轻一触就散了。

但是这又有什么关系呢?她告诉自己,她不过是受了伤,病了,一时之间有些错乱而已。

一切终究会回到正轨。

而除此之外,真正重要的终究还是此刻正在她身边的谢辛,不是吗?

"在想什么？"谢辛走过来，递过来一杯热腾腾的红茶。

她接过茶杯，笑了笑："没什么。"

窗外，华灯初上，暗夜流光。

而或许是这杯红茶的关系，直到很晚杜苓都没什么睡意，谢辛早早回去了，她独自在房间里翻了一会儿书，忽然觉得头皮痒，就去梳妆台那边找梳子。

然后，她就看见了镜子里的那瓶蔷薇，以及坐在蔷薇旁，正注视着她的少女。

少女有着与她很相似的容貌，却不是她。

这简直是惊悚程度能与恐怖电影媲美的情景，她倒抽了一口凉气，踉踉跄跄后退三四步，却始终死死盯着镜子里的影像。

幻觉！这都是幻觉！她在心里恶狠狠地对自己说，用力闭了一下眼再睁开——

少女和蔷薇却都没有消失。

更有甚者，少女站起身，慢慢走近。

她惊恐地看着少女从镜子的彼端而来，跨过镜面，来到了这一边。

真实的世界。

"你所看到的，未必就是真实。"少女就好像知道她心里在想什么，这样说道，但并没有进一步的行动。

无论是幻象、幽灵，或者任何东西都好，迄今为止对方并没有做出什么让她觉得危险的举动，杜苓暗暗松了口气，壮着胆子问道："你是谁？"

少女笑而不答，许久后才说："你真的想知道？"

"当然。"

"就算要付出很大代价也要知道？"一袭白衣的少女始终微笑

着,但说出这句话的时候她的目光变得有点儿忧伤。

这次杜苓犹豫了一下:"是多大的代价?"

"一切……"

少女低声说。

"你现在所拥有的一切。"

第二天早上,杜苓是被门铃声吵醒的。

从自己的房间走到大门的这段时间内她回顾了一下昨晚发生的事,似乎她受损的大脑又制造出了某种幻象,但更像个离奇的梦。

梦里的少女说,她得有放弃一切的觉悟,方能探知真相。

可她连自己到底要探究什么都不知道,更不用说为此放弃一切了。

好吧,就当那只是个梦。

开了门,谢辛笑容可掬地向她扬了扬手里的早餐:"你的同学告诉我你没去上课,我就知道你又睡过头了。"

他替她请了病假,然后直接过来这里。

她做了个鬼脸,赶紧跑去梳洗,回来后发现谢辛已经布置好了餐桌,掺了芝麻的现磨豆浆,热腾腾的香菇菜包和千层糕——都是她喜欢吃的东西。

他真的很了解她……

小口饮着豆浆,各种思绪在她脑子里飞快掠过。

某个念头一闪。

"我找不到稿子了。"她忽然说。谢辛的动作顿了一下:"什么?"

"就是那部小说……主角是杨希的。"她小心翼翼地看着他,"电脑和邮箱我都看过了,没找到。"

"我删掉了。"谢辛似乎不太喜欢这个话题,脸色微黯,"发现你有认知障碍后,我征询了医生的意见,觉得暂时不让你接触这个作品比较好,不过你放心,我以及你编辑那里都有存稿,你现在想看吗?"

她摇了摇头。

谢辛像松了口气——这种时候,人往往是最没有防备的。

于是她抛出了那个真正的问题。

"杜芩是谁?"

如她所料,谢辛愣了一下,但很快他就大笑起来,笑得停不住,她只好微带愠色地等着他给出回答。

终于他笑完了:"那不就是你吗,小杜?"

呃?

有点儿诧异,她决定保持沉默,听谢辛说起这个名字的出处。

那的确指的就是她,当初谢辛想要从青梅竹马晋级为恋人,于是传了一张字条给她,告诉她如果有意就在约定的时间到字条中指定的地方来,如果她没来,那么从此两个人就当什么都没发生过。

然而当时他一定是太紧张了,居然把她的名字都写错了。

"这件事绝对是我这辈子的把柄。"谢辛说起她事后如何为此嘲笑他时满脸无奈,"你还把这个情节也写进了小说,我怎么抗议都没用。"

所以,那天在图书馆发生的情景其实也是小说中的内容?是她的大脑制造出来的幻象?

"那后来那张字条呢?"她忍俊不禁地问道。

谢辛摇头表示不知。"这可是'罪证',你说过要收藏一辈子的。"他复述了她早先说过的话。

可她一点儿都想不起来了。

"你会想起来的……"谢辛意识到自己提及了某些会令人不快的

事,轻轻拍了拍她的手以示安抚,"一切都会好的,小杜。"

他如此保证。

吃过早点,他们去拜访了一下她的主治医生,说明了近日认知障碍复发的情况,在医生的要求下又做了一次脑部扫描,约定三天后来拿结果。

所有的事情,谢辛都安排得很好。

温柔、耐心、体贴,他真是最好的恋人。回程的出租车上,她看着一旁谢辛的侧面,这样想道。

下午谢辛还有课,于是将她送回家后,他就赶回学校去了。

静默着站在窗边,她看着谢辛上了出租车,车子向学校的方向绝尘而去。她立刻转身向外走去,即将出门时她回望了一眼——

梳妆台的镜子里,少女的影像隐约可见。

【4】

大约因为是上课时间的关系,图书馆内有些安静得过分。

一路进来,她一个人都没看见,借阅区的门倒是开着,但是负责管理的老师却不知道去哪儿了。

推开矮门走进去,她径直奔向小语种读物书架。

那本书,还在她昨天放的地方。

深吸一口气,她踮脚把书取了下来,迫不及待地翻开。

里面什么也没有。

枯萎的蔷薇,写着约定的泛黄字条。

什么都没有,这是当然的,既然之前发生的事不过是她认知倒错发作时产生的幻象。

但是……

杜芩闭上了眼睛,深呼吸,一、二、三……默默地数过十秒后,她才慢慢地再度睁开眼。

然后,她看到了那朵蔷薇。

压得平平的,已经失去了所有的亮色,干枯而脆弱,就稳稳地夹在她面前摊开的这一页里。

似乎它一直在这里。

又似乎她的认知倒错又发作了。

"想要知道真相的话,就把那朵花归还给我吧。"

昨夜的梦中,从镜子那边走出来的少女是这么说的。

她忽然又听见了这句话,猛地抬起头,赫然发现一旁衣冠镜上的布帘不知何时被拉起了,镜子呈现的却不是摆满书架的借阅区,而是一张木质的桌子,上面雕刻着欧式的花纹,看上去厚重而老旧。桌上铺着雪白的钩花台布,中心则有一只水晶玻璃的花瓶放在那里。

昨晚的"幻象"中,她也看到过这只花瓶。

一如昨晚,里面插着几枝盛开的蔷薇,娇柔的花瓣,鲜艳夺目的红色。

她似乎能嗅到醉人的花香。

拈起了书页中蔷薇干瘪的遗存,她向衣冠镜走去。

花香越发浓烈起来。

"小杜!"

身后传来惊叫,她回头,看到谢辛一脸恐惧地站在门口,他气喘吁吁,像一路狂奔而来。"你怎么敢……"

"没什么不敢的。"她冷冷地打断他的咆哮,"我不像你,我从不害怕真相。"

即便那往往最能令人感到痛苦。

话音未落,她一扬手,那枝枯萎的蔷薇被投向了衣冠镜。

在相触的瞬间,镜面仿佛变成了水面,枯蔷薇没入其中,最后——

准确地插进了花瓶里。

谢辛发出了惊恐的抽气声，下一刻，那投入花瓶的枯蔷薇便以可见的方式迅速饱满起来，干瘪的枝条由枯黄转绿，花瓣重新舒展。

仿佛随着水分的吸收，它的生命力也在恢复。

然后，她听见一道细小的破碎声。

像远处有人打破了一只玻璃杯那样的动静，但真实的情况要比那惊人得多。

有东西正在崩坏，从角落开始，她所见的景物就像被人砸坏的漆面，出现了无数裂纹，然后片片脱落，露出了破败的真容。

"不——"谢辛咆哮起来，却无法阻止任何事。

她则静静地看着这一切发生，最终，当花瓶中的蔷薇重新化为盛开的娇艳姿态时，所有的变化都结束了。

木架、墙面、书本，原本所见的一切都消失了，甚至是那面衣冠镜。

只有镜中的桌子和花瓶还存在着，但瓶中只剩了一朵蔷薇。

时空显露出了它的真容——斑驳的墙面，满地的灰尘，脱落的窗框。这个房间的轮廓她有点儿熟悉，像那个"家"里她的卧室。

只是空荡荡的没有了家具，并且破旧不堪。

"上一次，或者说前世，你就是在这里死去的，对吗？"不知何时谢辛已经抱着头跪倒在尘埃里，看着他痛苦的样子，她看了一眼他身后的角落，然后这样问道。

生和死就像不断交替的两种旅程，而上一次谢辛生之旅程的终点，就在这个房间里。

"你怎么会知道？"谢辛猛地抬起头来。

的确，有些事是不应该发生的——好比谢辛在经历过一次死亡后,却还记得上一次生之旅程的过往。

她也不应该知道那些过往。

但有人知道。

"她告诉我的。"她向他身后的角落看了看。谢辛飞快地回过头去:"谁在那里!"

他徒劳地移动着视线,却始终没能望向正确的地方。

显然他看不见。

那个在角落安静伫立的白衣少女。

"你看不到她……"杜苓轻轻叹息了一声,"至少现在你看不到,因为你不想看到她对吗?"

她悲悯地看着惶然不安的谢辛。

"你不想看到背叛过自己的人。"

【5】

要说一切的缘起,那可真是一个有些老套的故事。

富家千金与穷学生相爱,注定不会有结果的爱情,使他们生出了殉情的想法。

就在这个房间,他们密闭了门窗,烧起炭盆,慢慢地晕眩的感觉袭来,两个人陷入昏迷。

然而事情被人打断了。

女孩子被救,青年却丢了性命。

而这只是开始——

有一首情歌是这么唱的:"你我相约定百年,哪个九十七岁死,奈何桥上等三年。"

在重新开始在人世的旅程之前,青年一定是在死亡之地苦苦等待了很久,久到那种痛苦无论怎样都磨灭不了,他甚至带着所有记忆开始新的生之旅途。

这痛苦里必定包含着无法言传的愤怒。

他不愿承认恋人背弃誓言的可能，宁愿自己再重塑一个假象。

"你到处寻找像她的女孩子，最后你发现了我……"听着角落里少女的说明，杜芩重复着她的话，谢辛的神情阴晴不定，既有被拆穿的愤怒，又有种莫名的恐惧。

"我和她很像，甚至连名字都是。"她向着角落微微一笑，"她叫杜芩，对吗？"

杜芩和她真正只有一点儿差异。

"你很特别，谢辛。"她的目光又转回了谢辛的身上。

这特别不仅仅是指他带着以往的记忆而来，更是指他天赋异禀——他的声音，能迷惑人心。

如今的谢辛是一名极为出色的催眠师，只要找到合适的时机，对一个人进行深度催眠于他绝非难事。

被催眠后，杜芩的大脑便创造了幻象，让她以为自己想象出来的就是真实。

"你是不是等这个机会很久了？"她苦涩地说。

不是为自己的软弱找借口，但她很清楚最近一段时间自己的意志多么脆弱，多么容易被人乘虚而入。

谢辛冷冷地哼了一声："但我还是失败了。"

"你当然会失败……"她想了想，决定还是不说出真正的原因，而是说，"她不愿意看到你现在这个样子。"

谢辛的表情骤然狰狞起来："谁是她？她在哪里？你少装神弄鬼了！"他飞快地四下张望，"这里没有别人！"

他还是看不见，他不敢面对只剩下自己一个人的事实，他还不能原谅……

不能原谅没能践约的恋人。

墙角边，白衣少女露出了哀伤的神情。

她樱色的唇动了动，说了几句话。

杜苓长长地吐了口气："敢不敢跟我去一个地方？"对着近乎狂乱的谢辛，她提出了挑战。

谢辛猛地安静下来，阴沉的目光牢牢盯住她。

"有什么不敢的。"最终他这样说道。

其实她也不知道他们为什么要去那个地方，只是杜苓如此要求了，于是她和谢辛叫了出租车，上车后她报了个地址，径直前往。

她坐在前排，从后视镜里，她看到了一脸焦躁不安的谢辛，以及……

他身边的杜苓。

谢辛仍旧看不到近在咫尺的人，杜苓则始终默默地看着他。

谁承受的痛苦更多呢？她忍不住想。

没有答案。

没多久车子便到了目的地，面对紧闭的铁门，她按杜苓说的输入了门禁密码，铁门缓缓开启时谢辛的脸上难掩惊疑。

然后他们步行入内，这是一座很大的庭院，奇怪的是他们一路畅通无阻，竟没有看到任何人。

"这究竟是哪里？"谢辛终于有些按捺不住了，但她也没法回答，因为她其实也一无所知，除了跟着前方的杜苓走之外完全不知道下一步要做什么。

穿过挂满了紫藤花的长廊后，眼前豁然开朗。

很大的一片坡地，最高处有一棵巨大的橡树，树下的长椅上有人坐着，似乎正在享受午后的阳光。

但等他们走近才发现不是他们想的那样，长椅上的两个人中衣着

朴素的中年妇女看上去像名看护，只是正不太尽责地呼呼大睡。

而另一个——

"这……"谢辛震惊地看着那个女孩。

其实就连她也很惊讶，又一张和自己相似的脸。

"她……"她立刻意识到这女孩可能和杜芩有关系，于是向身旁的白衣少女看去。只见杜芩微微一笑——

"这就是今生的我。"

在跨越了漫长而黑暗的死亡后，重又回到世间的杜芩。

或者说，杜芩的一部分。

"她怎么了？"最初的震惊过后，谢辛立刻就发现了女孩的异样，茫然的表情，毫无焦距的眼神。

坐在长椅上的，只是一副躯壳。

"她……她说殉情失败后的第三年，她染上肺结核去世了，因为放不下和你的约定，所以灵识就回到了那个房间，却发现你并不在，于是她一直等着，直到躯体都重塑了，灵识却始终停留在那里。"

她复述着杜芩的话，这才明白眼前的白衣少女只是灵识所凝结的影像。

而当谢辛再度回归的时候，杜芩却发现他因为被怨恨所蒙蔽，他的意识已经无法感知她的存在。

很长一段时间里，她就寄居在他根据往昔记忆在意识中塑造的幻象里，但是无论怎么努力，她都只能眼睁睁看着他愤怒、怨恨而无能为力。

曾经相爱到愿意共同跨越生死的人，如今却是视而不见。

"她一直很伤心。"

这句话杜芩并没有说，但是她从那影像的眼中看出来了。

谢辛的表情一直在变化，初时冷淡，随后将信将疑，但最后——

"我什么都不知道。"他喃喃着说，目光垂下，紧紧皱着眉头。

而当他抬起头的时候，表情又迅速变成了惊讶，他睁大了眼睛，看着她的旁边。

是杜芩所在的位置。

"小杜……"从谢辛口中逸出的称呼证实了她的猜想。

他能看到杜芩的灵识了。

下一刻谢辛便有了动作，他上前来，在犹豫了好一会儿之后终于伸出了手："小杜。"

他似乎是想碰触记忆中的恋人。

杜芩也微笑着，向他伸出手去。

但就在指尖相触的瞬间——

她只觉得似乎有微风掠过，然后杜芩的灵识就不见了。

一枝盛开的蔷薇落在地上。

而谢辛则向虚空伸着手，似乎一时间不明白发生了什么事。

而当他终于回过神来，他做的第一件事便是捡起那枝蔷薇花，捧在手里看着，仿佛万千珍宝也不及这朵花。

"我给你讲的故事……"他忽然说，提起了之前说过的那个画面——

蔷薇与字条，被夹在德文书里，递给了心仪的女孩子。

"其实是我和小杜的初识。"

那已经是一百多年前的事了，经历了一生一死，仍被当成最美好的过往记忆着。

谢辛露出了哀伤的微笑，似乎已经接受了某种残酷的事实，然后他转身走到长椅旁，半跪下去，近乎虔诚地将那朵蔷薇放在了女孩的膝头。

变故只在一瞬间。

原本生机勃勃的花朵，转眼变成了灰烬。

风一吹，就散了。

谢辛的脸色都变了，伸手想去抓那灰烬，却是杜芩先发现了异常："谢辛，你看！"

但见那原本涣散的目光聚合起来，毫无生气的眸子变得灵动，本来像木偶般枯坐的少女忽然动了动手指，然后她抬起头，目光恰恰迎上了回过头来的谢辛……

"阿……辛……"

像很久没有说话，少女很慢很慢地，吐出了谢辛的名字。

【6】

她没有听到谢辛的回答，也不知道那两个人最后会有怎样的结局。

但她想总不会是个坏结局吧？又或者说，怎么可能是个坏结局呢？在走过了那么漫长的路之后重新遇见彼此，就算只有片刻的相聚，也该是无量欢喜了不是吗？

所以她离开了，她无法再去看那样喜悦的情景。

也不知道自己究竟是怎么认的路，只知道一个劲儿地跑啊跑，等回过神来的时候——

她已经在图书馆的门口了。

想了想，她还是走了进去。

这里倒和催眠状态下她看到的幻象没什么区别，唯一的区别就是那个属于她的储物小柜。

开锁，拉开抽屉，之前忘了拿走的手机还在里面。

存储卡里有个文件，是她正在写的小说。

只不过小说还没完成，男主角也不叫杨希。

但杨希这个人确实存在，或者说……

确实曾经存在过。

点开相册，男孩俊朗的脸上满是笑容，那笑容好像有热力——大约是被高原的阳光晒过，所以特别温暖吧？

照片的拍摄时间是两年前，杨希给她发来的，那时他正带领学校的户外运动小组在云南进行登山活动。

以途中看到的第一座雪山为背景，他拍了这张照片发给她。

而就在三天后，他带队去寻找两名擅自行动的队员，中途众人分散搜索，最后那两个人得到了营救，杨希却没有回到营地。

再过两天，就是杨希失踪满两年，那天她接到了杨希家人的电话，邀请她出席葬礼。

他将被宣告死亡。

那仿佛是在对她说，该放弃希望了。

"啪！"

一滴水珠落在了手机屏幕上。

她知道自己哭了。

为杨希的离开，为长久挣扎后似乎不得不放弃的自己而哭。

杜苓曾说过，世上样貌相似的人其实很多，但谢辛偏偏选中了她来做杜苓的替身，当然也是有原因的。

原因就是她的心意，她对杨希所怀抱的，无法舍弃的思慕。

谢辛想以此来抵消被背叛的愤怒。

而这思慕也正是谢辛催眠失败的原因，无论催眠术营造出的幻象多么逼真，重塑的记忆如何滴水不漏，终究没能骗过她。

再温柔、再体贴，却仍然不是最喜欢的那个人。

在幻象里，她甚至没有一秒钟爱上过谢辛。

杨希是无可替代的。

而杨希也已经不在了。

所以她无法去看谢辛与杜苓的结局,看到在一起的恋人,她就会想到自己与杨希无法在一起。

这根本就不公平。

这世上就没有公平。

她终于抱着手机,号啕大哭起来。

杜苓?

身后响起了某个声音,像又一个穿越了生和死的幻影。

真是够了,她想,继续哭着,好似悲哀都能这样被哭散。她没有回头,因为所有的幻象都一样,当你认真去看时,它就会消失。

那就让她任性一次吧。

她想,固执地不肯回头。

她需要安慰,哪怕对方是幻影。

于是她又听见了那个声音,是杨希的,满含无奈。

"我回来了。"

有人这么说。

下一刻,有人拍上了她的肩头,很轻很轻。

宛如一梦。

成熟的小麦晒在阳光底下的味道,就在彩虹拐杖的另一端,慢慢地浓烈起来了。那味道在冷冽的初雪气味里,暖暖地在蜡梅巷子里散去。蔡良辰家门口的蜡梅香渐浓,脚步停下的时候,蜡梅的清香几乎完全盖住了阳光小麦的味道。

——凌霜降

蜡梅街初雪

文／凌霜降

【1】

眼睛做完手术出院后的第三天,苏良辰仍然没有完全适应戴着眼罩的生活。但是,爸妈都迫不得已地突然双双出差了。他们走前很担心苏良辰,问她:"你自己真的行吗?"

苏良辰说:"没事,我行。"

其实,苏良辰都不知道那是在安慰父母,还是在安慰自己。但是,她坚持没有告诉任何同学从今天开始自己有三天必须独自面对没有光明的世界。

她想试一试,自己是不是真的行。之前在没有重见光明的希望时,她一直没有勇气。现在,有了重见光明的希望,她觉得自己应该有这样的勇气。

放学后,居然下起了小雪。这是桐城今年的初雪。

苏良辰深深地呼吸了一口初雪的气息,为自己露出了一个微笑。从校门口上了公交车,坐到蜡梅站下就行了,她自己也能行的。

雪似乎下得很密。苏良辰伸出一只手,接了几朵雪花。雪花很细,带着温柔的气息。看了十五年的雪花,苏良辰第一次只能用想象,去"看"雪花的样子。屋檐上,挂上冰凌了吗?街边的法桐树上,有积雪了吗?苏良辰把接到的雪花放到鼻子下闻了闻,是的,桐

城的雪，就是这样清冽，带着城市的气息。

上公交车的时候，她差点儿就在马路上摔个四脚朝天，幸好，不知道是哪个好心的人拉了她一把，在他的帮助下，苏良辰才算安全上了公交车。

到蜡梅街站下公交车的时候，还是那个人，又扶了苏良辰一把。苏良辰说了句"谢谢"，但是对方仍然沉默。

苏良辰走了几步后，发现身后那个人仍然跟着自己。苏良辰不能确定那人是善意想送自己到家，还是另有所图。近日一些少女遇害的新闻在苏良辰的脑海里一闪而过，苏良辰顿时害怕起来。好在，不过十来米，就拐入蜡梅街了。

【2】

苏良辰的家，就在桐城这条独一无二的蜡梅街的尽头，蜡梅街是整个桐城唯一的青石板巷子，因为有文物价值，才没有消失在新兴的水泥森林城市中。

不怕，不怕。苏良辰安慰着自己，尽量加快脚步往前走。蜡梅街的路口两边都有商店，商店里的人也都认识苏良辰。所以，苏良辰想，只要到了蜡梅街的街口就好了。

刚拐入蜡梅街的青石板巷子，苏良辰就差点儿被一台放在盲道上的电动机绊了一跤。幸运的是，跟在她身后的那个人，再一次适时伸出了手，扶住了苏良辰。

苏良辰停住了脚步，转过身，对着那个人的方向说了一声"谢谢"。对方仍然没有出声。苏良辰只得继续往前走。

进入蜡梅街后，她真的就没那么害怕了。她能准确地找到自己家，因为在苏良辰家的门口，一株蜡梅街里唯一存活的古蜡梅，正是怒放时。苏良辰只要循着蜡梅的香气，就能准确地回到家。

但身后那个人,为什么还一直跟着她呢?苏良辰浑身的感官顿时无比敏锐起来,她努力地使用除了视觉之外的所有感觉来判断对方的身份。大约因为这场初雪,巷子里很冷清。所以,背后那人轻微的脚步声,极清晰地落入了她的耳中。

【3】

一阵带着雪花的微风从身后吹来,空气里又隐隐飘来成熟的小麦晒在阳光下的味道。那气味,苏良辰班上很多男孩都有。于是,苏良辰断定,跟在她身后的,应该是个男孩。大约,年纪也与她差不多吧。

得出这个结论后,苏良辰听着身后那人的球鞋踏在地面的声音,就有了一种浑厚的质感。她好像觉得安全一些了。

但是,他为什么不说话?她对他说了两次"谢谢",不是吗?出于礼貌,他应该回一句什么吧?

苏良辰不由自主地加快了脚步。令她更不安的是,跟在她身后的脚步声也加快了。

她停下来,后面的脚步声也停了。

害怕忽然像潮水一般涌入了苏良辰的身体,她开始跑。可是,她现在是个盲人。所以,没跑两步,"扑通"一下,她摔倒了。

大抵是因为看不见,连摔倒在地的姿势都是没有防备的狼狈。苏良辰觉得自己的两个膝盖钻心地痛,不禁在心里咒骂了一句。

一直跟在她身后的男孩跑过来,他扶起苏良辰。一只手搭在她的彩虹拐杖上,带着浓重的鼻音,瓮声瓮气地说:"我带你走吧。"

苏良辰不禁有些失笑,他的声音真不好听。是因为自卑于自己的声音不好听,所以才不说话的吗?

成熟的小麦晒在阳光下的味道,就在彩虹拐杖的另一端,慢慢地浓烈起来了。那味道在冷冽的初雪气味里，暖暖地在蜡梅街里散去。苏良辰家门口的蜡梅香渐浓，脚步停下的时候，蜡梅的清香几乎完全盖住了阳光小麦的味道。

苏良辰知道，自己到家了。

【4】

第二天一早，苏良辰在蜡梅的清香中出门了。昨天夜里，雪似乎下大了，台阶上应该厚厚地积了一层雪，可苏良辰做好了准备。脚踩下去，却没有踩到预想中的积雪。苏良辰甚至能感觉到自己是踩在干干净净的水泥板上的，而且水泥板上，不知道被谁撒上了一些防滑的沙子。

苏良辰向左右"望"了"望"，她想，大概是哪一位好心的邻居做的吧。知道她眼睛做了手术不便，所以悄悄地帮了忙。

苏良辰觉得自己是不幸的，一年前，她因为药物过敏，令眼角膜严重受损，半年后完全失去了视力。苏良辰又觉得自己是幸运的，十天前，一位意外死亡的女士将自己的眼角膜捐献给了她，等这一周的恢复期过去后，她又可以看见这个美好的世界了。本来爸爸妈妈想让她在医院里住到完全恢复的，但是她没同意，苏良辰不想在医院里傻待着浪费太多的时间。过去的半年，她在一直学习适应盲人的生活，虽然艰难。有人多人多的人给了她温暖与光明，父母自不必说，不嫌她拖累的老师与学校领导，争相帮助她的同学与邻居，这些都是黑暗里最明亮的彩虹，是寒冬里令人快乐的初雪与蜡梅香。

所以，苏良辰深深地吸了一口夹杂着初雪与蜡梅清香的空气，对自己露出一个微笑，向着蜡梅街街口的公交站走去。

咯吱，咯吱，苏良辰踩着新雪一步一步地小心走着。

咯吱，咯吱，有人不紧不慢地跟在苏良辰后面，也一步一步地走着。

苏良辰心里一凛,不由得加快了脚步。可后面的脚步也加快了。家门口的蜡梅香越来越淡,那股盛夏麦子的味道却渐渐浓了起来。

苏良辰心里一慌,脚下打了滑,重重地摔了一跤,手掌撑在雪地上,感觉又冰冷,又柔软。

【5】

一道重重的脚步声快速走近,把苏良辰扶了起来:"哎哟,摔着了没?昨晚雪下大了,今儿可真苦了上学的孩子们。你这孩子怎么不让你爸妈送你?"

这语气、这声音,苏良辰听出是住在对面的邻居罗奶奶的声音,这让苏良辰松了一口气:"罗奶奶,我自己能行。"

"这不是摔跤了吗?来来来,扶着奶奶的胳膊,奶奶送你上学去。"罗奶奶是一个热心的善良人,"你这孩子,听奶奶的,别倔。万一再摔出个好歹可怎么办?这好不容易有个好心人把眼睛给了你,可得好好保护着。"

苏良辰扶着罗奶奶的胳膊,继续往前走。但她的耳朵在仔细地听着周围的声响。没错,她能清楚地从偶尔出现的行人脚步声还有车轮声中分辨出来,在她和罗奶奶的身后,确实还有一道似曾相识的脚步声,不远不近地跟着她。

到底是谁呢?还是昨天那个人吗?

那个脚步声,没有跟上公交车。

到了学校后,苏良辰拒绝了罗奶奶放学后来接她的提议。她说自己能行。而且,她想确定一下,那个带着鼻音的男孩子,是不是真的在跟踪自己。

午餐的时候,苏良辰犹豫了一下,还是把昨天发生的事情告诉了同桌谢晓卉。谢晓卉都吓着了:"你是说这两天你爸妈都不在家?还有人跟踪你?哦,天哪!要不要报警呀!"

谢晓卉的一惊一乍让苏良辰不由得笑了:"我只是说那个人好像在跟踪我。而且我觉得他并没有恶意,我摔倒的时候,他帮助我了。"

苏良辰与谢晓卉商量好,今天放学后,她走在前面,由谢晓卉在后面远远地跟着她,看是不是真的有个人在跟踪她。

谢晓卉很兴奋,悄悄地向苏良辰晃了晃她的新手机,向苏良辰保证她一定把那人的样子拍下来。

【6】

下午,天阴沉沉的,偶尔还飘起了零星的小雪花,放学的时候,雪又纷纷扬扬地下起来了。

苏良辰走在前面,谢晓卉隔了十来米远远地跟在她的后面。谢晓卉还给苏良辰找了一根粉蓝色的拐杖,让她顺着盲道走。

可雪太大了,拐杖碰击盲道的声音并不清晰,苏良辰最后还是觉得像以往那样,顺着墙根走比较安全。

苏良辰走得很慢,她仔细地分辨着身边所有的声音。可是,在她甚至听得见谢晓卉的脚步声的情况下,那个穿着运动鞋、身上带着小麦香的男生走路的声音,并不在其中。

在蜡梅街站下了公交车后,苏良辰站在隐约传来清凛蜡梅香的街口,等着骑自行车"跟踪"自己的谢晓卉,她想恐怕要让谢晓卉失望了,因为今天那个声音并没有出现。

赶上来的谢晓卉果然有点儿垂头丧气:"苏良辰,你昨天不会听错了吧?"

苏良辰抱歉地对谢晓卉笑了笑:"抱歉,可能真的是我想多了。"

与谢晓卉分别后,苏良辰闻着家门口的蜡梅清香,披着纷纷扬扬的小雪,慢慢地向家里走去。

难道真的是因为自己昨天太紧张了所以才产生了根本不存在的幻觉吗?路上是有人帮助了自己,但是,根本就没有那个跟着自己到了家门口的人,是这样的吗?

不是的。因为第二天一大早,淡淡地渗在蜡梅香与雪的清新里的那丝麦香,又出现了。

苏良辰关上院门后,安静地站了一小会儿,试图判断出那个淡得几乎没有的麦香的位置,一无所获。但是,她知道,他在。

【7】

咯吱咯吱,苏良辰踩着雪,一步一步地走着。

咯吱咯吱,那个脚步声,一步一步地跟着。

苏良辰停下来站了一小会儿,他也停下来站了一小会儿。

苏良辰决定勇敢一些。她猛然站住,迅速转身回头,然后,脸对着她所判断的他所在的方向,当然,她的眼睛也正"看"着他,然后,她微笑了,就像看见初雪,看到第一朵绽放的蜡梅那般露出微笑:"你好。请问你是谁?你跟着我,有什么事吗?"

沉默。

"你好?"苏良辰保持着微笑,又试着问了一句。

还是沉默。似乎有一种伤感的情绪在初雪的蜡梅街上空流动。苏良辰敏锐地捕捉到了对方的伤感:"你有什么事吗?"

对方还是没有说话,但由脚步声判断,他走近了。然后,苏良辰感觉到他伸出手拿起了自己的手,把一样还带着温暖体温的圆圆的似乎是鸡蛋的东西放到了她的手心里。

他说:"请你,一定要吃了它。"

"啊?这是鸡蛋吗?我吃过早饭了。"苏良辰仍能感受到对方的伤感,因为今天,她终于听出来了,他的声音之所以带着嗡嗡的鼻音,是因为他是哽咽着的。他在哭泣。

为什么?苏良辰好想问个清楚。

"良辰,你爸妈还没回来吗?来来来,今天奶奶还送你去。"热情好心的罗奶奶人未至声先到。而那个哭泣的少年,转身就跑远了。

【8】

那是一只红皮鸡蛋。

谢晓卉说:"他为什么要给你一只红皮鸡蛋?真奇怪。我奶奶过生日时也非要煮红皮鸡蛋吃,说是乡下的习惯。"

苏良辰没有告诉谢晓卉,那个少年在给她这只鸡蛋时在哭泣。令一个少年在雪后的清晨哭泣,一定是发生了一些令人伤心的事。

当天晚上放学的时候,苏良辰站在校门口等出差归来的爸爸。她的脑子里忙得就像在打仗,她的耳朵在忙着分辨她能听到的所有声音,她的鼻子也在分辨着她能闻到的所有味道,她想把那个有着麦香的球鞋少年找出来。

只可惜,所有声音里,所有的味道里,没有他。

第四天,仍然没有他。

会不会是因为他看到爸爸妈妈每天都在她的身边,所以,他就不再出现了呢?

苏良辰决定测试这个可能。所以,第五天,她坚持要求自己上学。

入了冬,天气太冷,那场持续了两天的初雪未化,人们把雪都堆到了蜡梅树下,蜡梅的香气在雪的衬托下似乎更香了。

麦香味出现在蜡梅街的街口,昨晚不知道是谁在街口拐角的地方堆了一个雪人,苏良辰撞了上去,差点儿摔了一跤。

他出现了,非常及时地扶了她一把。

苏良辰微笑着对他说:"谢谢你。"

他沉默良久,才说了一句:"请你一定要很小心很小心地保护你的眼睛。"

【9】

周六,苏良辰去医院复查,在医生一再保证她恢复得非常好的情况下,她终于重见光明了。

在看到医生和护士,还有爸爸妈妈的笑脸的时候,苏良辰鼻子发酸,眼泪不争气地往下掉,她的脸上却是笑着的,这失而复得的光明,对她来说,对她和父母来说,对那些过去的数百个完全黑暗的日日夜夜来说,实在太珍贵了。

离开医院前,苏良辰悄悄地和爸爸妈妈商量,是否可以去打听打听那位给自己捐献了眼角膜的阿姨是谁,看能不能去给她扫扫墓,或者对她的家人说一声"谢谢"。

这个小要求被拒绝了。医生说,根据捐献文件,捐献者与被捐献者的资料都是保密的。

苏良辰有点儿小遗憾。但是她想,她要用这双眼睛,看到更多美好的东西,去经历更多美好的事情,应该也是对那位阿姨一片善心的答谢吧。

她想,如果下次她再遇见那个哭泣的少年,一定问问他遇到了什么样的困难,然后,尽全力去帮他。

苏良辰一直很努力,她用功地学习,用心地对待身边每个人,用她的"新"眼睛把所遇到的每一件美好的事情记录在心里。她想,做一个美好的人，也许就能影响这个世界的美好。

可是，那个伤心的少年，一直没有再出现。

【10】

那封信，是在第二年冬天的第一场初雪来的那天清晨，和三个用保温盒仔细地包好的红鸡蛋一起，悄悄地被挂在了被蜡梅清香笼罩的院门上，大概挂了太久，苏良辰拿起来的时候，闭上眼睛仔细地闻了闻，才隐约闻到那股陌生而又熟悉的麦香味。

姐姐，你好。很抱歉，打扰你了。但这也是我最后一次打扰你了。我知道，这不合规定。爸爸说，不能去看那些接受了妈妈的捐献的人，那样会打扰他们的。可我太想妈妈了，所以，去年妈妈刚走的时候，我在医院里打听了好多天，终于打听到妈妈的角膜捐给了你。当时我实在忍不住，去年便来看了你。可是爸爸说，如果想妈妈的眼睛在你里永远地明亮，就不能再来打扰你。我答应了他，明天就和他一起离开这里，回老家生活。妈妈生前，一直想让我们回老家去，不想让我们一家住在放别人的麦子的仓库里。妈妈想有自己的麦子，所以，我和爸爸决定回老家去，把我们家那十几亩地全种上小麦。我想，当麦子成熟的时候，妈妈一定会笑得很开心的。

这三只红鸡蛋，是我妈妈养的鸡下的蛋。以前，每一年的今天，是她的生日。她总会给我和爸爸煮上几只红鸡蛋，算是为她自己庆祝生日。不知道，去年那只红鸡蛋你吃了吗？我想应该吃了吧，所以你的眼睛，就像妈妈的眼睛一样，又温柔又明亮。

谢谢你，让我妈妈的眼睛能继续活着。如果我的妈妈在哪一天来到你的梦中，请你帮我告诉她，我很想她。

信没有落款，也没有署名。苏良辰知道，这是捐了角膜给自己的那位阿姨的儿子，也就是去年那场初雪里，那个神秘的伤心少年给自己写的信。

莫名地,苏良辰的眼泪,很大很大的一颗颗,吧嗒吧嗒地掉在了信纸上。

【11】

苏良辰和爸爸妈妈一起,闻着窗外飘进来的蜡梅香,分享了那三个热乎乎的红鸡蛋。爸爸看了那封信,看着窗外那株蜡梅街仅存的古蜡梅沉默良久,才说了一句:"今年雪下得特别大,蜡梅也开得特别好。"

那天之后,苏良辰的爸爸辗转多时,终于在一家专门存放麦子的仓库那里,打听到了那个少年的消息。

听说那个少年的家境不是太好,但是学习不错。爸爸与苏良辰决定,以匿名的方式,为那个少年和他的妹妹捐助上学的费用。这对不算富裕的苏良辰家来说,是一笔比较大的开支。但是,妈妈也满怀祝愿地同意了。

第一笔钱寄出去的时候,苏良辰在备注那里写了一行字:不管生活如何艰辛,请一定要继续怀着美好的希望,一切将会变好。

苏良辰想,这也是自己对自己的愿望与自勉。

恋如风花

文 / 林笛儿

默默喜欢，暗暗守望，这并不叫恋。如果叫恋，恋的也就是这样一份酸酸甜甜的感觉。过去的就让它过去吧，如同风花，纷纷扬扬从天空飘下，在阳光里，骤然消失。知道它曾来过就好，不必惋惜。初雪之后，会有漫天飞雪，也会有春暖花开。

——林笛儿

【1】

台风欲来,天黑得像口锅。

江雪华不知道现在是什么时候,也不记得自己在球场的看台上坐了多久。校园里,好像已经没几个人了。

过去的这三天,江雪华不知自己是怎么过来的,交卷铃一响,感觉整个人像被碾过一样。江雪华呆呆地坐着,然后看到露台外面,雪花样的纸片纷纷扬扬。男生们在吼,女生们在叫。是的,解放了,那些山样的书本再也用不着。

别了,三中。

才子陈学谦说他要去英国为他的留学之旅铺块砖,胖胖的班长说他要睡个三天三夜,醒了后大吃特吃,费力说他要在网吧待一个星期,谁和他说话,他和谁拼命。

"我要好好地看几场电影,雪华,你呢?"李木子问道。

江雪华恍恍惚惚地往外走。高三生涯沉重而又凝重,连呼吸都像种奢侈。从食堂回教室,会经过球场。晚饭时间,高岩都在球场打球。李木子说,高岩对篮球的痴迷,已经到了走火入魔的地步。要不是进体育学院需要文化成绩,他有可能都不会进教室。他的人生目标是:先进CBA(中国男子篮球职业联赛),再去NBA(美国职业篮球

联赛）。

经过球场的二十秒，是江雪华一个人悄悄的快乐。她对自己说，如果考得好，她要好好地看高岩打一场完整的球，而不是二十秒。

江雪华考得还不错。

雨落下来了，砸在脸上微微地凉。高岩还在打球，他矫健地奔跑、跳跃、投篮，假动作得逞时，俊眉一挑，唇角荡起笑意。

雨大了起来，狂风暴雨般。同伴拍拍高岩的肩，他恋恋不舍地看看球架，走了。他没有看到看台上淋得像落汤鸡似的雪华。

"你疯了，你知道那学校在哪儿吗？"李木子瞪着江雪华的志愿表，脸上写着"这人病得不轻，得服药了"。

她知道的，那是中国最北端的一座城市，十月底就开始入冬。散步时，稍微走远点儿，就到俄罗斯了。"我想去看风花。"

日本人把入冬的第一场雪叫作风花，纷纷扬扬的雪花从天空飘下，宛若风中开出的花，但比花更轻柔。还没来得及感觉寒冷，已经融化了。风花，随风而生，随风而逝。这样的景致在热带岛屿是看不到的。其实，这只是个牵强得不能再牵强的借口。江雪华想远离海岛，去一个陌生的地方，那里，有着陌生的天气，陌生的同学，没有人谈起高岩，从食堂出来，也不会经过球场。也许会很不适应，但她会努力去面对。

心，走到某个时候，原来是无法承受的孤单。所以，她要将情感"发配充军"，让时光慢慢抹尽。不然，不知如何走下去。

李木子和江雪华从牙牙学语时就是朋友，无法接受她这样的始乱终弃。"我恨你。"

"想我就去看看地图。"李木子恋家，她选择留在海岛。海岛与江雪华在志愿表上填的那所学校的距离，在地图上，就像从雄鸡的鸡冠顶端到尾巴的尾端。

"当你冻成冰柱时,我会穿比基尼和你视频。"李木子咬牙切齿。

江雪华笑了,目光飘向窗外。今天的球场上没有高岩,他已经提前去了大学,为新的赛季集训。

别了,海岛。江雪华闭上眼睛。

成长就是一场没有终点的跋涉,从一个站台到另一个站台。

【2】

北方的阳光很明艳,是的,是明艳,而不是强烈,不像海岛的阳光直勾勾射下来,热得无处躲藏。这里,只要有一块树荫遮着,哪怕是三十摄氏度的正午,也会觉得凉意习习。风中也没有海岛的咸湿气,吹在身上,是惬意的。江雪华给李木子发短信说,移情别恋其实没想象中那么纠结。李木子回道:我拒绝和叛逃者说话。

如果手臂够长,江雪华很想抱抱李木子,什么也不说,就是抱一下。陈学谦去英国了,与海岛隔着半个地球,比海岛晚八个小时看到太阳。走之前,李木子向他告白。他们同学六年,她喜欢了他六年。他只回了三个字:很抱歉。

年少的恋情就像树上青涩的果子,来不及成熟,一阵风吹过,就掉了。

不记得从哪天起,温度开始骤降。当江雪华穿上厚厚的大衣,她突然愣了:"说好的秋天呢?"同学大笑:"北方是没有秋天的,春天也就是意思一下。"

第一场雪是午夜下的,早晨起床,雪已经停了,枝叶间残留着一丝丝白。江雪华闪了下神,想看风花,要等明年了。

一个星期后,一股寒流从西伯利亚袭来,这座城市迎来了一场豪雪。江雪华站在窗前,看着草坪、树丛被大雪淹没,看着屋顶、山坡被一点点染色。看久了，先前的一点儿惊奇渐渐被疲倦席卷了。

她想海岛了。

讨厌的李木子在夜晚的ＱＱ（一种网络即时聊天工具）上秀阳光，秀鲜花，秀刚从树上摘下还沾着露珠的水果。她一脸娇羞地说："有个男生在追我，你也认识。怎么办，我是要回应他，还是要回应他，还是要回应他？"

有着恋岛情结的不只有李木子，班上有一大半人都留在海岛读书。谁呢？胖胖的班长？费力？还是……江雪华不愿再想下去。

天再冷，每周一次的体育课还是要上的，不过从室外移到了室内。体育馆内有两个班，女生做高低杠，男生打排球。大概是连筋骨也冻僵了，江雪华好不容易上杠，刚抬了下手臂，重心没维持稳，"啪"的一声，整个人从上面直直地坠在垫子上。

好疼！

坠地的姿势太狼狈，男生、女生都笑了，其中有个男生笑得特别大声，江雪华气恼地瞪过去，对上一双黑曜石般的眼睛。

那个男生江雪华认识，新生接待时，他送她去的寝室。他不住地看她，问："你们那边的人肤色都这样健康吗？"江雪华气得把头扭向了一边。

江雪华的肤色并不算黑，但那是和李木子相比。来了这边后，才发现自己有多出类拔萃。原以为江南女子白皙娇美，其实北方的女子也是出众的，只是一开口，豪爽的语气不逊须眉。同学说："我们这儿江水好，冬天又长，怎么能不白呢？"

这座城市有条江穿城而过，江边的大道两侧，老槐树粗壮得双臂都抱不过来。夏天的晚上，大道上的情侣成双成对。军训结束时，同学带江雪华去那儿转过。与海相比，江似乎平静了点儿。江上有条索道，缆车来来往往，游人在上面俯瞰着江面。江雪华有点儿恐高，从来不敢坐缆车。同学拽了她一下，指着一座在阳光下闪着蓝莹莹的光的建筑："那就是冰球馆。"

"有人打冰球吗？"江雪华很惊奇。

"有呀，很多高校都有冰球队，不过，我们学校是最棒的，因为我们有向阳。"

"向阳是谁？"

"哈，就是那位叫你黑里俏的学长。"

【3】

江雪华添了一堆冬衣和冬靴，做足了防寒的准备，但还是没抵挡住寒流的侵袭。11月11日，淘宝上称光棍节，在那前一天，雪华感冒了，很重。抢单抢得眼发红的同学顾不上她，甚至庆幸少了一个人分担流量，网速可以提高那么一点点。

李木子没有食言，穿着比基尼，在沙滩上摆了个诱人的pose（姿势），然后对雪华进行现场直播。江雪华的喉咙像火在炙烤："拍照片的人是谁？"

"讨厌啦，你明明知道。"视频里，李木子身子扭得像麻花。

江雪华感觉头晕得更厉害了。

江雪华用极严格的方式管理自己的病，绝不少吃一次药，甚至哀求医生为她注射。外面漫天大雪，室内门窗紧闭，暖如春日，仿佛与严寒划清了界限，却也令人窒息得难受。她想呼吸新鲜的空气，想吹风，想出去走一走。

走廊里脚步声很杂，这两天快递太多，在期待中惊喜，在等待中失落。刚刚扫净的路面又被积雪覆盖了，江雪华吃力地迈着步子，每一步都深深陷落，拔起，再陷落。走上图书馆的台阶，江雪华出了一身大汗，堵了好几天的鼻子竟然通了。

在暖气片旁找了个位置，江雪华等着气息平静才打开了书。人不太多，江雪华看到向阳和几个男生坐在角落里，不知说了什么，推推搡搡起来，然后，向阳往外走去。

还有一点儿低热，课本是看不下去的，江雪华从阅览室借了几本娱乐周刊，有一下没一下地看着。看两眼，抬起头，看下窗外。电影里的雪景总是拍得那么唯美，真正陷入其中，无由地会生出一种绝望。

热，是烦躁的；冷，却是疼痛的。

向阳大衣里不知塞了什么，像怀胎十月的孕妇步履艰难地进来了。男生们拼命压抑着狂喜，用晶亮的眼神诉说着亢奋。

"多了一份，给你吧！"向阳耸耸肩，那样子好像纯粹就是捎带，随便你要与不要。

一杯冲泡的果珍，江雪华没有揭盖儿，都能感觉到扑面的热气。还有一盒包装得很清新的绿茶慕斯。

雪华把目光从桌子移向向阳，再看向角落边的男生们。他们一人一杯咖啡，一人一个大号的汉堡。

"说话呀，要不要？"向阳蹙起眉头，像不耐烦，其实那是在掩饰着内心的忐忑。

"啊……谢谢学长！"

江雪华的鼻音还很重，听得向阳的眉心不知打了多少个结："多注意休息……我过去啦！"

北方的男人偏高，而向阳更是高挑，他的头发很茂密，肩很宽，双腿结实而修长。他似乎不怕冷，江雪华感觉他身上的那条牛仔裤，差不多从夏穿到了冬。

果珍很烫，雪华吹了吹，小口小口地喝着。热热酸酸的味道，配上清凉的绿茶慕斯，口感很奇怪，却又特别相配。

【4】

气候是干燥的,一不留神鼻子就会出血。江雪华的包包里总是带着个保温杯,里面装满了开水。

"你挺会照顾自己的。"同学夸道,"想不想学溜冰?"

江雪华有点儿迟疑,她身体的协调性向来很差,她怕摔得太难看。

同学瞪大眼睛:"在北方四年不会溜冰,就像去你们海岛不会游泳,这也太丢人了。"

江雪华沉默,她就是一只旱鸭子。

不是每所高校都有溜冰馆,几个女生打了车去医学院。"那儿的冰场是全市高校里最好的,向阳他们也在那里训练。"

江雪华不太懂,冰场不都是自然冻成的吗?有什么区别?同学白了她一眼:"训练用的冰场都是人工的,要求很高。天然浇筑的冰场,只能溜着玩玩。专业选手溜起来,那就是一阵疾风,冰场要是有一点儿不平,会出人命。"

"向阳学长……他算是专业的吗?"

"听说国奥队的教练特地来看过他的比赛,他以后估计会出国打职业赛。冰球运动,我们国家还很弱,厉害的是欧洲的一些球队。"

江雪华没有说出口,不过,她是真没看出向阳有那么厉害。如果想走职业这条路,不应该整天泡在球场吗?像高岩那样。她好像经常看到向阳在校园里晃悠着,很闲很放松。也许他是被老天偏袒的。

高岩,江雪华在心里轻声念着这个名字。自从来北方后,她就失去了他的一切消息。如果刻意去打听,也会知道一点儿,但她不想。

真应了同学的话,向阳他们真的在那里和医学院的冰球队打友谊赛。几个女生早把溜冰这事丢到脑后了,兴冲冲地跑到前排落座,吆喝的样子,恨不得昭告天下她们和向阳是一家的。看台上坐的人很多，大部分是女生，有一个手里拿着望远镜，有几个站着拍视频。

同学说她们是医学院的，都是向阳的死忠粉，一碰到向阳出场，立刻叛变。

江雪华不敢搭话，场上的人都戴着头盔，穿着厚重的球服，个个都像机器战警，她看了两遍，都没看出来哪个是向阳。

冰球是一项冲撞性极强、体力消耗巨大的运动。看似身体笨重，滑行起来，却非常轻盈。球杆的底部是弯曲的，所谓的球像个圆形铁饼，冰球的门框很小，把圆形铁饼推进对方的球门内就算赢。

"快看，球进了。"同学激动地拍了下江雪华。江雪华咧咧嘴，她看到了。进球的那个人在场上动作比别人敏捷，反应比别人快，好几次看到他欠身从别人的臂弯下防不胜防地滑进去，轻轻松松把球钩到了自己的杆下。

"东风吹战鼓擂，咱们向阳怕过谁。"几个女生跳起来，举手欢呼。

那是向阳？

向阳举臂回应，朝这边看了过来。明明看不清，江雪华却感觉到两道灼热的目光落在她的身上。她下意识地垂下眼睑，等她抬起头，向阳已摘下头盔，跃过围栏，拾级而上。他的头像个蒸笼，腾腾地冒着热气，脖颈都被汗浸湿了。

"向阳，你帅呆了。"女生们毫不掩饰自己的崇拜之意。

"必须的！"向阳也不谦虚，笑得露出一嘴雪白的牙，目光溜了一圈，问道，"有水吗？"

齐刷刷伸过来几瓶水，有运动饮料、矿泉水，五花八门。向阳就那么笑着，看着江雪华。江雪华脸红得像烤架上的明虾，从包里拿出保温杯："我的是开水。"

"嗯，开水最解渴。"向阳等着。

江雪华无奈地拧开杯盖儿递过去，他接住。因为太烫，他喝得很慢。喝完，休息时间也到了。"还有下半场比赛，等我。"他朝江雪华挤了挤眼。

【5】

一切像个魔法，他是魔术师，主导着舞台，她是配合他的助手，脸上写着平静，实际上却清楚下一步将会发生什么样的舞台效应。

已经无法阻止了。

他们突然就熟了起来，一起吃饭，一起去图书馆，一起上街。他陪她去书城买书，坐城轨，他站着，她坐着，两个人小小声地聊着天，时不时相视一笑。她陪他去训练，总坐前排，膝盖上放着他的包，手里拿着装满温开水的保温杯。他只要抬起头，都会朝她看一眼。

"向阳在追你吗？"同学用的是肯定的语气。

"向阳学长很照顾我。"她这样保守地回答同学。

那时，她无数次经过球场，曾奢望高岩抬下头看到她的身影。一次次地祈盼，一次次地失望。

"南方人真是不干脆。"同学气得抬出了南北差距。

这句话还是传到了向阳的耳里，他笑笑，拿起手机给她打电话，问周末想去哪儿玩。

周末总是被他占去的，顶着大雪去吃烧烤。小小的店面挤满了人，油烟味熏得一周都散不尽。各式各样的烤串，她爱挑一块烤得流着蜜汁的地瓜。海岛也有种番薯，夏夜纳凉时，架起篝火会烤上一两只。不知是技术不过硬，还是土壤的不同，总觉得没有这边的地瓜甜糯。

"慢点儿吃，吃这个容易噎着。"

向阳话音刚落,她就噎着了。一路打嗝打到学校。向阳想了很多办法,都没能止住。

"太好吃了,没办法。"她脸红地为自己辩解。

向阳给她气笑了:"当然好吃呀,初冬时从地里挖出来,风干泥土,再放在地窖里储存,不加任何保鲜剂,纯天然。"

难得地,她和他犟上了:"再天然,也没有我们海岛现摘的水果天然。这个季节,香蕉、芒果、木瓜……要什么有什么。你们这儿就地里一块土疙瘩当成了宝,水果有吗?商店里是有卖,运了几千里,不知加了多少防腐剂!"

向阳抚额:"你这么孤陋寡闻怎么好呢?"

隔天,向阳给她送来了一袋水果。"这是冻梨,这是冻柿子,这是苹果。"他挑出一只冻得发白的柿子,从口袋里掏出块湿纸巾,擦了又擦,再递给她,"尝尝,北方土生土长的水果。"

不知是水果长得开裂,还是他擦拭得太用力,一瓣杏红的果肉露了出来。她怔怔地看着,一丝红晕从耳后绽开来。她听别人说,如果一个粗莽的男子有一天变得细心了,那么,他一定是在爱着某个人。

"好吃吗?"向阳问道。

她不作声。

"喜欢北方吗?"

她的心跳得很快。

"圣诞节礼堂有个音乐会,我们一起去看吧!"他悄然屏住了呼吸。

她张了张嘴,没能发出声音,但他读懂了她脸上的神情。

天寒地冻的日子,节日的来临,才让人感觉没有被时光遗忘。

在江雪华纠结穿什么去看音乐会时,手机响了。那是下午四点,北方的天快黑了。

"亲爱的江雪华,快猜猜我在哪里。答对有奖哦!"电波的那端,李木子的声音尖锐又高亢。

江雪华握着手机的手一颤,多年的好友,还是有一点儿了解的。"你来北方了!"她很是笃定。

"正确!有没有很感动?我来陪你过圣诞节。快来给我个拥抱,我快冻僵了。"

江雪华冲出寝室,噔噔地下楼。

大厅里,李木子穿得像只胖嘟嘟的熊,她的身边站着依然酷得无边无际的高岩。

【6】

那一刻,雪华感觉自己就像个蹩脚的演员,丢了剧本,突然不知该怎么演下去。在李木子真真假假的显摆里,她有想过会不会是高岩,但随即她就否定了。高岩与李木子也同学六年,她喜欢的人是陈学谦。人的思维一旦定格,就很难改变。

显然她错得很远。

她不是嫉妒,也没有被背叛的心痛,她就是被吓到了,吓得手足无措,吓得想逃。她是不是该庆幸,当初没像李木子那样勇敢地去表白,不然现在该如何面对?

"亲爱的,你不是欢喜坏了吧?"李木子跺跺冻僵的脚,伸出手在江雪华面前晃了晃。

"我是……太意外了。我送你们去酒店。"她强作镇定。

"住什么酒店呀,我和你挤挤,高岩去你们班男生那儿挤挤。"李木子瞪大双眼打量着江雪华,"亲爱的,你现在好白哦,变漂亮了呢!"

从门外进来的男子"扑哧"一声笑了:"我寝室有张空床,雪华,你同学晚上去我那儿住。"

"他是……"李木子耸耸鼻子,嗅到一丝不寻常的气流。

"现在是学长。"向阳拍了下高岩的肩膀,有点儿意外他的高壮,"你们好,我叫向阳。"

音乐会自然去不了了,向阳说去吃火锅暖暖。李木子冻坏了,很没形象地涮了几盘羊肉。高岩和向阳很快就像失散多年的兄弟,一个说冰球,一个说篮球,都没要酒杯,直接拿起酒瓶对吹。

江雪华打翻了一杯果汁,被年糕烫到了舌头,把一碟当点心填肚的蛋糕倒进了锅中。她挫败到想哭。突地,她搁在膝盖上的手被人拉住,然后一只带有薄茧的指头在她的掌心里写道:没事的,有我呢!

也不是什么豪言壮语,慢慢地,江雪华平静了,可以用淡然的目光迎视高岩。在李木子说起自己的高中糗事时,呵呵笑两声。

李木子什么时候都口无遮拦:"我真的是在北方吗?我以为这儿寸草不生,一片荒芜,想不到还挺繁华的!"

江雪华气得踹了她一脚:"人家还以为我们那儿现在还穿草裙呢!"

"咦,雪华,你这是帮谁呢?"李木子意味深长地瞟了向阳一眼。

向阳心领神会地朝她抛了个眼波。几个人都笑了。

寝室的床很窄,两个人睡真的是很挤。江雪华也没指望好眠,放下蚊帐,和李木子说悄悄话。"你和高岩……什么时候开始的?"不得不承认,她还是有一点儿怅然若失。

"开学后,他突然过来找我吃饭。我和他,还有陈学谦都是从初中就是同学的,所以我就说起了陈学谦。那时,我的心情真的很不好。后来,我们就经常玩了。他有什么聚会会喊上我,我有活动也会喊上他。他打比赛,我也会去看。不过,他现在不怎么打球了,他的专业是体育心理学，他好像蛮感兴趣的。这次来你这儿，也是他提议的。他问我想不想过个白色圣诞节，我想呀，更想你。嘿嘿，我们计划了很久，也省了很久。我都两个月没买新衣了，才凑足了机票钱。"

李木子睡沉了，发出浅浅的鼾声。江雪华大睁着眼盯着帐顶，她听到外面传来一道树枝断裂的声响，她知道又下大雪了。

早上起来，李木子兴奋极了，嚷着要堆雪人、打雪仗，江雪华说："你在外待一会儿，耳朵冻落了都不知。天气预报说，今天的最高气温是零下三十二摄氏度。"

北方冬天的娱乐很少，要么逛商场，要么溜冰。高岩说："去溜冰吧！"向阳带了几个人去了一家小区里的冰场，人很少。他示范了一下，高岩和李木子就急急地下场了。高岩还好，向阳带了一会儿，稍微找着了技巧，虽然姿势很难看，也能勉强滑起来。李木子就可怜了，摔了一下又一下，抱着屁股，可怜兮兮地看向高岩。可惜高岩此刻一心不敢二用。

应两个人要求，向阳来了一次表演。腰弯成九十度，双手背在身后，人如旋风般，一圈圈地滑着。拐弯时，他会稍微放慢速度，只手碰触冰面。无论哪个动作，他做起来都是那么流畅、帅气。

高岩和李木子是坐晚上的飞机走的。李木子说："还有二十天我们就见面了，别太想我。"高岩深深地看了江雪华一眼，说："寒假见！"这是他来这儿和她说过的唯一一句话。

江雪华仰着头，看着飞机成了浩瀚的夜空里的一颗星辰。书上有写，冬天的星空是肉眼看得最清晰的。天上二十一颗最明亮的星，在明朗的冬夜，可以看到七颗。她一一辨识，吐出一圈白汽。

"走吧！"向阳拉了她一把。

她收回目光，对上向阳坦坦荡荡的眼神，他说："雪华，看着我，我喜欢你，你喜欢我吗？"

【7】

与漫长的学期相比，二十多天，不过恍如一瞬。

国奥队终于向向阳伸来了橄榄枝，明年，他将出国参加在俄罗斯举办的冬奥会。冬奥会不仅是一个赛场，也是一个秀场，欧洲许多冰球俱乐部的高层会到场观看。如果表现出色，向阳将会成为某俱乐部成员，正式开始职业生涯。

江雪华在教室里听辅导员用无比自豪的口吻说起这事，教室里一片欢腾。江雪华怔在了座位上，她以为那些只是同学添油加醋的传说。向阳总是让她觉得，冰球，他就是玩玩，追她，才是他了不起的事业。

"好当然是好啦，可是后面就要封闭训练了，不能回家过年，也不能送你去机场。"向阳很懊恼。

这人为什么总是会搞错重点呢？雪华真是啼笑皆非。

"不过我的手机会二十四小时开机，你有什么想和我说的，随时打电话、发短信。"向阳一再强调。

江雪华都快没脾气了："我答应你，每天至少发一条短信。"长途电话费很贵的。

"少于一百四十个字，视同无效。"向阳讨价还价。

又不是发微博，江雪华无语了。

国奥队派了车来接向阳，走前，向阳跑去女生寝室，提醒江雪华："别忘了，你还差我个答复呢！"

因为大雪，江雪华的航班延误了。一个人陷在喧闹的机场，江雪华并不焦躁。习惯了，也就自然接受了。

海岛仍是充满阳光，海面上有些雾，光线朦朦胧胧。汽车穿行在高大的椰林中，嗅着空气中炽热的果木气息，江雪华拧了拧眉。"还是家里好吧？"开车的父亲问。江雪华笑笑："北方也挺好的。"

寒假里，同学免不了要聚两次会。李木子是个热心的人，约了大伙儿一起去三中看看，晚上再去唱歌。

"不是吧，你和高岩从没恋爱过？"江雪华不敢相信自己的耳朵。

"小声点儿。"李木子脸上难得浮出一丝羞窘，"是我想太多，他对我就是同学对同学。嘿嘿，空窗期，别人一点儿温柔我就当春天来了。现在说开了，我们还是好同学。"

江雪华不知该说什么好，看李木子不像很伤心，可能爱得还很浅。江雪华离开了人群，去了篮球场。球场上空荡荡的，没有人打球，看台上倒是有一位观众。她想掉头的，高岩站起身喊住了她。

"怎么不打一场？"她无奈地向他走去。

"没意思。"

她不解地看着他。

高岩双手插在裤袋里，从看台上慢悠悠地走下来："那时喜欢打球，是因为有个女生会来看我打球。"

江雪华知道自己的表情有点儿傻，可她没办法做到从容。那么，按照这句话往下延伸，他突然和李木子要好，其实是想从她口里得知一个人的消息。所谓想过一个白色圣诞节，只不过是他想去远方看一个人。

他的黯然，认同了她的联想。

她红了眼眶，泪水忍不住泛滥，是因为感动、欢喜，却不遗憾，不唏嘘。他们就像两列并排疾行的列车，拼命向前，却从没想过停靠。

这叫有缘无分吗？是的，不然他们为什么没勇敢地向前一步？不是胆怯，不是懦弱，就是差了一点点。

在漫长而又孤单的青涩岁月，每个女孩心中都有一个帅气的篮球少年，每个男孩心中都有一个会读书的文静少女。默默喜欢，暗暗守望，这并不叫恋，如果叫恋，恋的也就是这样一份酸酸甜甜的感觉。

过去的就让它过去吧，如同风花，纷纷扬扬从天空飘下，在阳光里，骤然消失。知道它曾来过就好，不必惋惜。初雪之后，会有漫天飞雪，也会有春暖花开。就像向阳的出现，理直气壮地占据她所有的课余时间，在任何人面前都不掩饰自己炽热的眼神。他不让她猜，也不让她等。

"谢谢！"她只能用一种感恩的心情来回应高岩。只有这样了，感谢他静静的陪伴，感谢他让她灰白的高中生涯变成了彩色的。

高岩耸耸肩："你的手机在响。"

是短信，向阳今天的第二拨轰炸："友情提醒下，今天某个人还没发短信，还没给回复哦！"

她的笑像夏花一般灿烂，高岩失神地凝视，然后转身离开。

江雪华想起张曼娟写过一句话：我的世界有点儿小，却是刚刚好；刚刚好，遇见最美好！江雪华手指飞快地按键，这句话，没有一百四十个字，但是向阳应该不会在意。

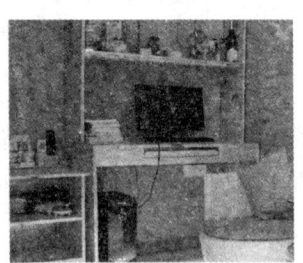

白色旅馆

文 / 沈嘉柯

这场迅疾的爱情，我只能无奈地接受。唯一可作纪念的，是小净偷偷塞进我钱包的一张大头照。之后，我和其他女孩交往，却难以维系。直到有一天，某任女友，忽然按住我的胸口，对我说："我觉得，你心里好像一直有人，就像一家客满的旅馆，没法再住进别的人。"

——沈嘉柯

天气晴朗的秋季,趁暑假,我前往南方的一座古都旅行,出了高铁站,转地铁和公交车,经过一条江,在大桥的北边下车。我抬头就眺望到那家旅馆,纯白色的楼体在青色的天空下异常显眼。我暗自庆幸不必没头没脑地寻觅。

横穿马路后我顺着指示牌走过石块铺就的小径,穿过一片小树林,才找到旅馆的门,原来这一带在搞城区开发,封住了旅馆的入口,因此另辟蹊径在围墙上打开一道侧门。

拿到房卡,我上了电梯,发现整个旅馆入住率很低,大部分房间在敞开通风。进了房间我飞快洗澡,打开冷气,倒头就睡。因为约好了当地友人小净黄昏碰头,由她作陪游玩,所以我打算先养足精神。

小净是个可爱的年轻女孩,才念大一,独自居住,父母都在外地。我其实有些疑惑,但不便多问她的私事。我们通过网络认识不久,我隐约觉得小净对我有好感,旅馆也是小净帮我提前预订的。

我们在当天六点多见面,沿路以小吃填肚,欣赏风景,说说笑笑,不知不觉天黑,干脆去看了一场电影。

电影看到一半,小净居然睡着了。我没叫醒她,反而把肩膀凑近,给她凭靠。

散场后我困意十足,跟小净说了再见,回到旅馆已过十二点,灯也不开，径直沉睡。半夜，我忽然被一阵怪声吵醒，仿佛河马在喝水。回过神我才醒悟，我饿醒了。我从钱包里抽出一张钞票，拿着钱和房卡迷迷糊糊出门。走道的灯光幽幽泛黄，两边的客间仍然大多数开着，室内漆黑。

我有一种不舒服的怪异感觉，却说不上原因。出了电梯经过大堂，店员在服务台后，手臂撑头打盹儿，一眼看去看不清面孔，只看见头顶的黑发。出了侧门，白天枝叶婆娑的树林，深夜静寂，寒意入骨。我加快脚步，来到马路边，心头松弛下来，走了差不多半里，仅有的几个小店铺都关了门。看来只得回旅馆买标价翻倍的泡面。无奈之下，我原路返回，眺望旅馆时，我彻底愣住了。夜空下，旅馆通体金黄色。

这怎么可能？我清楚记得，那旅馆明明是周身白色。我心跳加快，犹豫片刻，还是回到旅馆。店员仍然在打盹儿，我眯着眼睛打量四周，内部墙壁本来是蓝色的，此刻变成浅浅的褐黄。我不敢乘电梯了，从楼梯步行，每层都空了很多房间，墙壁都变色了。莫非，莫非，我住进了灵异旅馆？我手心渗汗，屏住呼吸走回五楼我的房间。我拿出手机打给小净，才发现忘记充电的手机已经关机。我越发不安。

忽然之间，我陷入一片漆黑的汪洋，知觉消散。

从耀眼的晨光中苏醒时，我猛然挺身，跑出旅馆，仰头望去，依旧簇新雪白。一定是梦，我哑然失笑。

我收拾物品，按计划，去下一座毗邻古都的小城。想到小净不辞辛苦作陪，我发短信致谢，以免电话扰她好睡。

正午时，我在慢速火车上接到小净的电话："我才睡醒看见短信。为什么谢我？你什么时候来的？都不通知我……"

我心中一紧，无限疑惧交加，顿时不知如何回答，此刻火车恰好驶入隧道，四周完全漆黑，手机信号也断掉了。

坐在黑暗中过了片刻，眼前恢复光明，我大吃一惊。站在我眼前的，居然是小净，我指着她说不出话来。

小净坐到我旁边的空位上说："刚才逗你啦。我收到你的短信，就飞快买票，估算时间，你应该就是坐这趟车。我在车厢内走来走去，听到你讲话，总算找到你了。怎么样，很意外吧！"

我笑了："真是太不好意思了。"

"我知道你怕麻烦我。不麻烦的，我也想去那座小城玩，吃那边的蟹黄包。"

有这样的惊喜，我的旅途不寂寞了。

我们开始牵了手，甚至嘴唇接触。我知道，有爱情发生了。

返家的时间到了，我恋恋不舍，但约定了下次再会。

在车上，我拿出预备的零食饮料给小净吃。她也没客气。中间我去了一次洗手间，回来继续说说笑笑，大概还有半个小时要到站，我忽然很困，人也乏力，"我打个盹儿，待会儿叫我。"

"好。"

三年后，当我故地重游，站在动物园里，看着两只鸵鸟打架，想起去了国外留学，甚至定居的小净，心头掠过惘然。

我还记得，我在返程的火车上醒来时，小净不见了，她只留下了简短的便笺，说是有事，提前一站下了。

后来，她告诉我她和家人一起出国了，我们不会有结果，不如就此打住，不要再联系了。

这场迅疾的爱情，我只能无奈地接受。唯一可做纪念的，是小净偷偷塞进我钱包的一张大头照。之后，我和其他女孩交往，却难以维系。

直到有一天，某任女友，忽然按住我的胸口，对我说："我觉

得,你心里好像一直有人,就像一家客满的旅馆,没法再住进别的人。"分手之后,我萎靡不振,所以,来重游故地了。

离开动物园,我漫无目地走着,沿着江岸吹风,夏天的炎热令我口干舌燥,走进附近的一家咖啡馆,找到角落坐下,避开刺眼的阳光。

在那角落,有个女人静静地喝着咖啡。

我愣住了,不知为何,我只觉得她有点儿面熟,却又想不到是何时何地见过。而且,这个女人的气质,看起来,形同透明的鬼魅。

当我通体凉爽,心思清明下来时,忍不住再次看向那个女人,她似乎觉察到了什么,离开座位,从正门出去。

"你是小净。你不要骗我了。"我激动地抓住了她的肩膀。

"我不是。"对方很冷静。

我凑近了,仔细看她的脸,的确又不是小净,只是隐约有一点点神似。

"对不起,我认错人了。"我沮丧地说。

"她是你喜欢的女孩吗?"

我点点头。

"看样子,你失去了她。为什么不去重新喜欢别人呢?"

我摇摇头,叹气。

世上的事情,不是那么天遂人愿的,尤其是爱情。

"如果你心里一直忘不了她,那反而违背了她的本意。已经三年了。"

听到这话,我猛然瞪大眼睛。

"你跟我来吧。"

这家咖啡馆居然还有一间隔断的内室,里面摆放着密密麻麻的书。一眼扫过去,我看见有几本署名荣格、弗洛伊德、黑塞。桌子上，还有手磨咖啡机和煮咖啡的玻璃瓶。

"你知道催眠吗？"女人问。

"听说过。这和小净有什么关系？"

"那个叫小净的女孩，是我的客户。刚才你在外面点过咖啡了，不如换喝茶吧。来。"女人用茶包泡好茶，放在我面前。

这个女人却先从她自己说起，她是一个拥有很多财产和空闲的女人，业余修习心理学，因为有天赋而精通了其中的催眠术。

她掌握了以后，便技痒，在网络上秘密征集试验对象。

有一个患病的女孩，一直偷偷地暗恋我，遗憾的是，她没多久就去世了，她的确是去了国外，不过，她得了胃癌是去做手术，但手术失败了。这个女孩，就是真正的小净。

女人看着我，眼睛里荡漾着异样的色彩："小净把她对你的幻想，都写给了我。我被她打动了，愿意帮助她。当然，我也象征性地收了她一笔钱。

"小净去接待的你，看那场电影时，你的前座就是我。当时你便开始被我催眠，借着大银幕变幻的光影。之后的小净已经体力不支，是我送你回旅馆的，你在旅馆里沉睡了一天一夜。后来发生的，都是我灌输到你意识里的故事。

"我在你旁边，讲述着你和小净的故事。对你进行深层次的催眠时，我还将小净的照片放在你眼前，加强印象，留在你钱包里的，也是她的照片。最后，你的记忆被整合，从头到尾，你所记得的，都是小净的面容和陪伴。还有你们结伴乘坐火车，去下一个小镇。"

这一切如此匪夷所思，让我瞠目结舌。

这个女人轻轻地拂一下长发："我把小净，镶嵌进了你的生命中，又不会严重影响到你未来的人生。仅此而已。"

"至于你把白色旅馆记忆成金色的，那恰恰是因为，你的潜意识，在对我的催眠进行抵抗。这是人的理性本能，默默提醒你，这段记忆是有漏洞和破绽的。不过，一个人回到寻常的生活中，也就淡忘了。你只是经历了一段美好的偶遇。"

我的恍惚不安，终于有了答案。

"还有，那个时候，你恐怕私下也用了一点儿药物吧，在饮料里。"

这个女人微微一笑，既不否认，也不肯定。

我忽然福至心灵："可是，你为什么现在又愿意揭晓秘密，告诉我这一切？你该不会，在这里开咖啡馆，也是刻意的吧？"

"因为，我以良心起誓，和小净签订了协议。三年了，你仍然无法放下，这违背了我们的本意，我要做好售后。这项任务太具有挑战性了，因此深深地吸引了我。开家咖啡馆消磨光阴，岂不是很搭配？"

我心中酸热交替，既感动，又觉得无限奇妙。

当困意再次袭来，我知道，这个女人的茶包不普通，却觉得心里平和安宁，面前女人的话，变得断断续续。

"你胸中……郁结已经释然，我现在……要完成上一次催眠未尽的任务。"

我宁愿记得。

真实或幻想，已不再重要。

重要的是，我遗忘了一切。

浩瀚青空之下，当我经过白色的旅馆，不自觉地，我抬起手，挥动两下，似乎和空气中的谁道别。

哥本哈根没有童话

文/七微

童话在这里终结,梦想从这里开始。

【无足轻重的约定】

忐忑,不安,紧张,晕眩,轻微恶心。

这一系列反常情绪自我登机那一刻便如影随形,而越靠近目的地,越是严重。

香港飞往哥本哈根的飞机在暗夜中缓缓穿过云层,我摁紧太阳穴,将整张脸挤压在玻璃窗上,机舱外浓黑一片,什么也看不到,只有巨大的轰隆声恨不得谋杀掉你的听觉。

我扭身,颓丧地缩回座位上,揪住头发,把头揉成乱糟糟的一团。

"Hey(嗨),用这个试试?"

如果我没有看错,微弱灯光下呈现在我眼前的那团东西确实是一串佛珠,而它的主人,也就是我的邻座耿家乐同学正一脸关切、一脸担忧,外加一脸神圣地盯着我。

我的暴躁情绪立即上升一个指数,狠瞪他一眼,心想:姐姐又不想出家,数什么珠子!

可他不懂看眼色,附送解释,说:"儿时我胆小,事事容易紧张不安,祖母信佛,她给我求来这串佛珠让我随身带着,并告诉我说,

如果你内心紧张,就数珠子。这个方法真的很不错呢!"

我翻白眼,这是香港人独特的思维吗?

我与耿家乐刚认识。他这人自来熟,才落座就拿出零食与我分享,后来见我心神不宁,以为是晕机,翻了好久的包找出一瓶极难闻的东西放我鼻端,直接加剧了我的恶心程度。他又想方设法让我分心,用蹩脚的普通话讲很多冷笑话,这在我听来十分聒噪,我不搭理他,翻出一叠资料来看,意图很明显,希望他闭嘴。可这家伙在瞥见资料上的LOGO(标志)之后竟然惊呼起来:"你也是NGOer(志愿者)?去哥本哈根是为世界气候大会?"

他仿佛找到组织一般,说得口水飞扬。

我紧张不安,我不知道和两年未见的诸辰见面第一句话该说什么,是"你好吗",还是"我很想你"。

"我叫家乐,耿家乐,香港人。你呢?"最后他以兴致勃勃的自我介绍结束话题。他偏头看我,耐心等我回答,我掩了掩面孔,很无奈地看着他,说:"家明,家辉,家乐,香港人特别恋家抑或词穷?真没特色!"

他尴尬地笑,我闭上眼,不再理他。

飞机在凌晨三点抵达哥本哈根国际机场,我故意拖延到最后出舱,慢吞吞地取行李,慢悠悠地走出来,可当我在出口转了一圈之后,那种即将见到诸辰的忐忑立即被失望、难过所取代。

异国他乡的凌晨,我被约定好接机的人放了鸽子。我没有定酒店,不知道该往哪儿去。

我将行李丢在一旁,蹲在地上,笑了起来。

"Hey!"

我抬头,又看见耿家乐。

跟耿家乐回旅馆的途中,他笑着问我:"你都不担心?"

"担心什么?被欺负?被拐卖?被劫财劫色?我心想,就你这种走哪儿都带一串佛珠的老好人,怕你什么呢!"

如果他认识三年前的我,就不会这样问。

【回忆像鹅卵石上的一朵青苔】

三年前,我十五岁,念高一,日子无聊而苍白。那年唯一值得书写的大事件,就是认识了诸辰。

初次遇见诸辰时,我对他的印象坏透了,而他对我呢,更糟糕。

周末姐妹淘例行聚会,我们厌倦了网吧游戏、溜冰台球,全城的歌吧基本上被光顾遍了,兴趣全无。浩浩荡荡的七八号人蹲在师大校门口计算来往学生中情侣与单身的比例,无聊透顶。后来不知谁忽然提议说,我们来比谁将口香糖吐得更快更远。

如今想来,这个提议真的很欠揍。可在当时,我们兴致高昂,每人买来两包口香糖,八个人齐刷刷一字排开,那场面颇为壮观,引得过往人纷纷侧目,同时引出了学校里的环保社团,浩浩荡荡气势凶猛地朝我们拥过来。那时我们几个吐得正欢,站在我旁边的北北忽然尖叫一声,丢下一句"快跑",人已溜得没影儿了。

那天活该我倒霉,碰上了诸辰。我从没见过像他那样执着的人,硬是追着我跑了三条街,还很没风度地在我身后大喊:"小屁孩儿,给我站住!"

那年他已升大二,十九岁。留着短发,身板瘦弱的我在他眼里就是一个小屁孩儿。我心里不服气,一边跑一边回头气喘吁吁地咒骂:"你神经病呀,追着我不放!"

最终我还是被他捉住了。我实在没有力气,口干舌燥,索性一屁股跌坐在地上,昂着头气势嚣张地冲诸辰大声嚷:"你能把我怎么样!"

他站在我面前大口喘气，额头上布满了细密的汗珠，眉头蹙起，表情很难看。正当我得意地站起来转身打算离开时，他忽然一把拽住我的手臂，不管不顾地将我倒着往来时的方向拖。他力气很大，动作粗鲁，任凭我怎么咒骂与挣扎，他一概不理。

我被他拖回了我们比赛吐口香糖的位置，此刻那里有个人一边埋头用餐巾纸拾地上的口香糖，一边在周围四处寻觅。

诸辰让他的同伴起身，然后将我推到前面，努了努嘴，冷冰冰地说："把所有的口香糖都捡起来。"

"不干！"我叫起来，一边揉着被他勒红了的手臂，狠狠瞪他。

他挑眉："确定？"

我抬起下巴，从鼻子里重哼一声。

僵持片刻，他的同伴走过来拍了拍诸辰的肩膀，说："算了，别跟一个小丫头计较。"又转向我，用半是警告的语气说："请善待我们生活的环境。"

原谅我的年少张狂加无知，我非但没有感激地就此打住，而是没好气地冲那个人嘟囔："关你什么事！"

话音刚落，我的屁股就与大地来了个亲密接触，痛意袭来，更要命的是，地上好几粒口香糖全部粘在了我的屁股上，我摸着裤子上黏糊糊令我胃里一阵阵翻滚的东西，望着纷纷围拢过来的行人充满探究与嘲弄的眼神，抬头怒视着将我一把摁在地上的罪魁祸首——诸辰，"哇"的一声，撒泼般地大哭了起来。

【那个唯一的理由是你，只是你】

因为气候大会，旅馆入住率爆满，耿家乐颇丧地偏头看着我："接待说这附近的旅馆基本上客满。"

我没作声，此刻疲惫得连点头的力气都没有。

两个月前，经过层层选拔，我最终还是与香港乐施会授予的"IDO（我愿意）"特使失之交臂，也无缘近距离参与到在哥本哈根举办的联合国气候大会中。

那天诸辰在第一时间给我打国际长途，兴奋地问我："结果怎样？"

我咬住嘴唇，久久没有出声。

他会意过来，安慰我说："桑笛，没关系的，至少你努力过了不是吗？"那一刻我难过得想哭，是呀，我努力过了，那么那么努力，结果却还是失败。

过了许久我才开口，轻轻说："诸辰，就算如此，我还是要去哥本哈根。一个人去。"他叫起来："你疯了！"

我平静地说："没有，我只是想去看看你在邮件中给我描述的那座城市。"

那通电话我们讲了很久，他试图说服我不要这么任性，可他比谁都清楚我的性格，固执起来任谁都无法拦得住。

最后他叹口气说："真要来的话，订好机票告诉我时间，我接你。"

可结果……他真狠心，将我丢在异国他乡的凌晨。

"Hey！"耿家乐使劲在我眼前挥手，我回过神来，抬眼看他。

"我刚才的话你听到没有？"

"嗯？"

他翻了个白眼，嘟囔："我说，如果你不介意，我们可以共用一间房。"

耿家乐真的是老好人一枚，他从行李箱里拿出一床毛毯裹在身上，往窄小的沙发上一躺，然后指着唯一的大床对我说："好好休息，早安。"

可我一点儿睡意都没有，在床上翻来覆去，天空渐渐泛白，一丝丝微光从窗户照进来，房间很静，只有墙壁上的挂钟在"嘀嗒嘀嗒"不知疲倦地摆动。我睁着眼睛望着天花板，恍惚得不知身在何处。

【总有那么一件事，是人生的分水岭】

诸辰与他的同伴被我突如其来的哭声吓住了，我指着他边哭边大声喊："你欺负我，你欺负我！"过往人群纷纷围拢过来，越聚越多。那年十五岁的我发育得极慢，男孩头，个头儿矮小，身板瘦弱，坐在地上看起来顶多十二岁的模样。围观者的指指点点令诸辰脸色变得铁青，最后他哼了一声，气呼呼地扭身走了。

他同伴蹲在我面前，递给我一张餐巾纸，说："别哭了，诸辰不是故意使你难堪的，他这人平时都挺好，更不会对女生动手。唉，你今天触及了他的底线，只要一涉及环保问题，他就毫无人情可言。"

我没理他，坐在地上半斜着身子看着裤子上那团恶心的口香糖，想伸手拿掉，心里却止不住一阵阵反胃。

我挖空心思找诸辰的碴儿，每天放学后与周末都跑到师大门口去蹲点。其实要打听到诸辰的班级与宿舍很容易，他是学校环保社团的领头人，组织过很多场大大小小的环保行动，在本城高校间小有名气。

我不主动找他，自有办法等他来找我。好哇，既然他那么热爱保护地球，我就搞破坏！那段时间我做了许多欠揍的事儿，能够想到的破坏方式统统付诸行动，道德谴责对一个固执的人来讲，一点儿用都没有。

诸辰追着我跑过很多次，严厉谴责过、恶声恶气地骂过、扬起手恨不得拍死我却最终没有落下来，他抓狂地将我拎到他们社团的小办公室里，关上门，恶狠狠地瞪着我："你到底想怎样？"

我挑着眉看他："道歉！"如今想想，那个时候的我真的挺无聊的，就为了一句道歉，而不惜大动干戈，变着花样与诸辰玩猫捉老鼠的游戏。

话音一落，诸辰直接崩溃了，气得咬牙："你做错事还让我道歉！"说着从抽屉里掏出一堆碟片，然后蛮横地拽着我往外走。

我想，不管时间过去多久，我始终都难以忘记那个下午带给我的震撼，除此之外，还有羞愧、自责、难过、感动等这些情绪。

我想，我们每个人的一生，总有那么一个时刻，那么一件事，是我们成长的分水岭，是改变我们此后命运的关键。

而我的成长分水岭，甚至可以说，我生活变化的起点，是诸辰，是那个下午，是那个多媒体教室，是他手里那堆薄薄的却无比沉重的光碟。

在宽敞空荡的多媒体教室里，诸辰放给我看的，是他收集来的关于世界各地的一些严峻的环境变化问题的纪录片，也有各环保组织参与的各项行动的影像资料。当我看到因为人类的破坏而引起的层出不穷的自然灾害带给我们的毁灭性打击，当我看到那么多人在用自己微薄的力量维护我们正生活着的家园时，我沉默了，头越埋越低，最后落荒而逃。

【天文钟的时间冲淡了关联】

哪怕彻夜不睡，耿家乐依旧神采奕奕，见我神色疲惫地打哈欠，他体贴地跑去将窗帘放下，让我上床躺一会儿，他洗漱完便出去逛了。

我依旧睡不着，爬起来打开笔记本电脑，很幸运，竟然可以搜索到网络，犹豫了片刻，还是登录了MSN（即时通讯软件），刚上线，便弹出好几条消息，全部来自诸辰。他说：

桑笛，对不起，临时急需整理一份会议资料，当我赶去机场时，迟到了半个小时，怎么都找不到你的身影了。

真的很对不起，你现在在哪儿呢？

桑笛，见到留言请与我联络好吗？我很担心你。

看着那些留言，我杂乱的心思终于渐渐平静了下来。是呀，诸辰永远是这样，没有什么比得过他的热爱，从前是，现在亦是。而这样的他，才是我所喜欢的他。我飞速地奔下楼，却在提起电话的时候犹豫了，气候大会在即，应该是他最忙碌的阶段，我怎么能让他分出时间与心情来照顾我呢？

挂掉听筒，我转身对旅馆接待说："若有人退房请帮我预留。"

耿家乐回来的时候给我带了比萨与饮料，见我心情好了许多，便问："联系上要找的人了？"

"嗯。"我点点头。

"男朋友？"他八卦地凑过来。

我埋头吃比萨，没有回答他。不是不愿意回答，而是真的不知道该如何定义我与诸辰之间的关系。他从没说过喜欢我，更没有说过交往的话。这算什么呢？比朋友多，比恋人少？可我们之间连那点点暧昧的情愫都欠缺。是我一直追着他跑，黏着他，至于他为什么没有严词拒绝，我不得而知。很多时候我安慰自己说，并不是他不喜欢我，只是他所有的热爱都放在环保公益事业上了。我愿意等他，甚至愿意为了他而改变自己，把他的梦想变成自己的梦想。

耿家乐没有再追问，改口说："约了一个朋友在市政厅的钟楼见面，你要不要一起去？"

我迟疑了片刻，他又说："来哥本哈根，怎么可以不去膜拜一下钟楼的天文钟？更何况，那个朋友是这次气候大会的工作人员哦，绝对有话题！"

曾听诸辰提起过位于市政厅钟楼上的天文钟，花费四十年心血耗费巨资造成，机件复杂，制作精巧。它不仅走得极其准确，还能计算出太空星球的位置，能告诉人们一星期各天的名称、公历的年月、星座的运行、太阳时、中欧时和恒星时等。

当我目睹时，我更加叹服它的精巧与神奇。

"在哥本哈根，天文钟可是与美人鱼的传说齐名！"一个熟悉的声音从我与耿家乐身后传来，我身体一僵，缓缓回头，看着耿家乐与来人亲热地拥抱在一块儿。

这世界真小，耿家乐约见的朋友竟然是诸辰。也是，同为NGOer，互通资讯，相熟也并非什么神奇的事情。

诸辰见到我，亦是一愣，随即抱了抱我，说："你没事就好。"那拥抱很轻，与他拥抱耿家乐并无区别，是朋友间的礼节性拥抱。

我不禁鼻头发酸，我们这么久没有见面，他一个轻巧的拥抱，一句"你没事就好"，打退了我所有的热情与一腔想要对他说的话。

就好比三年前，当我如今天一般带着相同的热情独自去离家很远的陌生城市找他时一样，他也是这样云淡风轻。

【当一个人肯为另一个人改变，那便是喜欢了吧】

从多媒体教室落荒而逃之后，有很长一段时间，我没有再找诸辰。我羞愧，看到他，会令我想起自己以往的恶行恶状。

当我认为自己有足够的底气再次站在诸辰面前时，却被告知他参加了一个叫作"第九世界"的志愿者组织，奔赴贵州山区支教去了。那个时候正是暑假，我跑去找他，是想告诉他，我要加入他的环保社团。

我的满腔热血并未因此而冻结，回家的路上我做了一个在当时看来相当有勇气的决定——去贵州找他！我偷了妈妈柜子里的一千块钱，连字条都不敢留，便跑到火车站买了最快离开的车票。

那场旅途异常艰辛，那么炎热的天气，却只能挤在没有空调的绿皮火车上度过漫长难挨的一晚。诸辰所在的地方非常偏僻,需要转好几次汽车,路况奇差,颠簸得我想哭,抱着背包吐得晕乎乎的时候我想,我究竟发了什么疯呢?也就是在那个时候,我忽然意识到一个自己都惊讶的问题——我喜欢上了诸辰。是从什么时候开始的呢?我也不知道,初次见面的印象糟糕透了,后来的相处也没什么好感,我故意搞破坏,他满大街追着我跑,一副咬牙切齿的模样。我只知道,我愿意改变自己,是因为想要以一个令他欣赏而非讨厌的形象站在他面前。

诸辰见到我的时候嘴巴张得老大,随即劈头盖脸便将我一顿臭骂。我低着头,任他碎碎念,最后我抬眼看着他说:"以前是我错了。但是,可以让我加入你们吗?"

他愣住,不可置信地望着我,甚至很白痴地伸手来探我的额头,以确定我是不是高烧到转性子了。

"为什么?"诸辰问我。

"因为,我喜欢你呀。"那是第一次,也是唯一的一次,我对诸辰告白。那么自然而然地说出口,感谢山区黑漆漆的夜色,掩盖了我的慌乱。也正因为夜色,我看不到诸辰那刹那的表情。良久的沉默过后,他起身,说:"很晚了,去休息吧。"

诸辰并没有赶我走,而是让我加入他们的团队。成员来自世界各地,迥异的语言与文化差异并不妨碍沟通,因为大家拥有相同的心意。亲身经历与看纪录片的感受完全不一样,种种心酸与感动无法言说,却会成为最宝贵的经历,妥善存在心底,促使某些梦想的发酵。

一个月的支教很快过去了,与诸辰一起走出火车站时,看到妈妈急奔过来的身影,我下意识地闪躲,她却只是紧紧地拥抱了我,没有咒骂,没有耳光。后来我才知道,诸辰在我到贵州的第二天,便与妈妈通了电话,谈了很长时间。

回家之后，我主动要求去英语补习班，妈妈激动得只差掉眼泪。我不敢告诉她，我想学好英语是因为想要跟上诸辰的脚步，我知道他的最终梦想是加入国际NGO（非政府组织），也知道他很快就会出国。而英语是进入国际NGO工作的必要条件。

当一个人肯为另一个人改变，那便是喜欢了吧。

【童话的终结，梦想的始端】

可是再喜欢又有什么用呢？我原本以为诸辰忙于他所热爱的，不想过早分心谈恋爱的想法在见到那个叫童欣的女孩后，彻底破灭了。

诸辰请我与耿家乐吃晚餐，给我俩接风，顺便介绍他的女朋友给我们认识。耿家乐假装越过我身边拿餐巾纸，附在我耳边轻声问："没事吧？"

我摇头。

怎么可能没事呢，在见到童欣的那一刻，我的脑袋"嗡"的一声，全部思维都化成一句话——他有喜欢的人了——反复在耳畔回响。

那一刻，我觉得自己像个傻子，带着满心的欢喜跋山涉水而来，只想告诉他一句：我现在有足够的资格与你站在一起。你梦想中的那个世界，可不可以加进一个我。

可惜，太迟了。

他的世界，已住进了另一个女孩，与他拥有相同梦想，站在同一起跑线上的女孩。

饭毕，诸辰对我说："住旅馆不方便的话可以搬去童欣那儿。"童欣是个善良的好女孩，同耿家乐一般自来熟，挽着我的手热情邀请我去她家里住，冲我眨眼："我的厨艺还不错哦！"

我再喜欢她，还是无法心无芥蒂地住进情敌的家里。

回旅馆的路上,耿家乐迟疑了很久,才开口说:"你表现得很好。"

我笑,偏头望着他:"你想看两个女生互揪头发抓脸的戏吗?"

他哈哈大笑。

我的难过与悲伤弥漫在他的笑声中,充斥在哥本哈根的夜色中。

离开哥本哈根时,诸辰来送我与耿家乐,他将我拉到一边,轻声说:"对不起,桑笛,当年我答应过你妈妈,帮助你好好学习,不是有意让你误会这么久……"

我笑笑,极力装作云淡风轻的模样,说:"没事。"然后转身往通道走去,我很怕自己忽然落泪。

在飞机起飞那一刻的巨大轰隆声中,我偏头扬声问耿家乐:"喂,老好人,你是不是喜欢上我了?"

他哈哈大笑,弹了下我的额头,说:"想什么呢,祖母经常念叨,有一种说法叫作眼缘,你相信吗,桑笛,第一眼见到你,我就知道我们可以成为朋友。"他顿了顿,"而且是生命中很重要的那种朋友。"

我也笑了,庆幸我所珍视的友情不会变成另一段无望的爱。

我安心地偏头看窗外的蓝天白云,看哥本哈根最后一眼,与这个充满童话的城市告别,与我所喜欢的人告别。

诸辰,谢谢你,虽然我失去了爱情,但依旧感谢你带给我生命中另一样重要的东西,那就是梦想。

彼岸

曾经,我们也身处对岸
　　茫然不知深浅
在文学的河流里,跟跟跄跄

曾经,我们是现在的你们
曾披星戴月蹚过你们面前的河流

而现在,我们身处你们的彼岸
　　这里是一个新的起点
　　　我们在这儿

　　等你来……

此岸

彼岸的风景,文字的魅力
让我们
不惜跋山涉水
不惜披星戴月

一路上丛生的荆棘,我们却能看见荆棘上的小花
一路上的风风雨雨,我们却能记住风雨后的彩虹

抬头,发现
已走过

彼岸
在心里,也在脚下

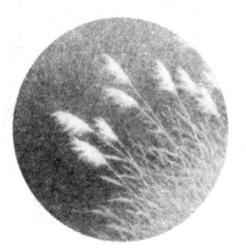

青春魅族

带我走，去遥远的星球

文 / 那　夏　林羽尘　木樱诺

　　与陆领真正结识，是大一那年的夏天。当时我顶着一个剪失败的西瓜头，一个人傻里傻气地在市中心发传单。

　　行人都是上帝，我要做的是堆笑再堆笑，争取用最短的时间把手里的一沓纸转送到上帝的手里。从上午九点到下午一点，我简直就是微笑机器中的战斗机，眼看只余下最后的一些，却不知是哪个浑蛋，突然一把将我拽了过去。

　　手里的传单呼啦啦落地，红红绿绿的狰狞一片，像极了我因惊吓而过度扭曲的脸。

　　只见眼前笑得痞气的陆领用一只手熟练地揽住我的肩，而另一只手，则向不知何时站在我面前的陌生美女用力地挥了挥。

　　原本气势高昂的美女转瞬间花容失色，哭得梨花带雨，整个一标准的言情剧女主角。她一边凶狠地揩着泪，一边不忘指着我的鼻子大声质问："她是谁？"

　　我彻底被眼前的剽悍景象吓傻了，就算我小时候很傻很天真，做过当演员的美梦，但也绝对没想过有一天自己会扮演个当街被抓住的

　　那夏：别号"茄子小姐"。1989年出产的威猛吉祥物。积极的悲观主义分子。代表作品：长篇小说《末世岛屿》《谁的青春不腐朽》等。

小三。

我用力推了推身旁的陆领以示抗议，但似乎力道不够，他压根儿不为所动，反而更加恬不知耻地靠近了些。

之后的剧情自然是以一声响亮的巴掌结尾。美女气得浑身颤抖，毫无风度地举起满是水晶甲片的右手，就此将一个类似于拍苍蝇的画面定格成永恒。

被拍了一巴掌的陆领吃痛地揉着脸颊，一边嚷着"真狠啊"，一边故作哀伤地叹息"所以说，女人都不是省油的灯"。

说完这句，陆领似乎意识到情势不对，眼看大批八卦的市民即将把我们团团包围，陆领拽上我就跑："你想上社会版头条啊？"

我当然不想，所以我哭丧着脸跟着陆领跑得很卖命。

经过一家奶茶店时，陆领突然停了下来："西瓜妹，我请你喝奶茶啊。"

谁允许你给我乱取名字了？还有，都什么时候了，你居然还惦记着喝奶茶？我狠狠喘着气，忍不住腹诽他，却还是眼睁睁看他进了奶茶店。

没办法，谁叫我怕呢？

好在没多久，陆领就从奶茶店出来了，递给我一杯奶茶。

我不情不愿地接过来，喝到一半，突然想起一件更加令人痛心的事，那就是我劳苦一天的工资全部泡汤了！

"人渣，赔我工钱！"我脸一黑，当即把奶茶塞回他手里，伸手向他要钱。可无奈我动作太大，单肩包竟然一不小心被我带到了地上，里面乱七八糟的东西散了一地。

我赶紧蹲身去捡，陆领也跟着弯下腰帮忙，当他拾起我的学生证时，似乎是微微愣了愣，而后很快露出那种万人迷的微笑："哎呀，你是我们学校的学妹吗？我叫陆领，学导游的，今年大二。"

真不要脸！这种时候还好意思跟我套近乎。可我冷哼了两声后，没有立刻反驳他。

很显然，他不记得了。

可我记得你，陆领。

那时，我们成天打打闹闹，毫无形象地穿过嘈杂的街头。那天我拉着一串和天空一样蓝的气球，和你讨论新韩剧《来自星星的你》的剧情。你看着一脸羡慕地说着"都敏俊"的我，不满地撇撇嘴角，对我说："这算什么，我才是外星球派来的使者！"

我不信，瞥了你一眼道："那你肯定还是派过来专门和我吵架的使者！"

你收敛了不屑的表情，很认真地看着我："不是哦，我是来守护你的。像你说的那个教授守护那个女孩一样哦。"

我只是嗤笑一声，接着我们都陷入了沉默。

也许就像好闺密苏倾城说的一样，我们俩就算冷战也是正宗的"今天吵，明天好"。瞧瞧现在，你的笑都不是天天一样——充满恶作剧意味，让人想"打一巴掌"。

"喂，西瓜妹，没死吧？"陆领这个超级损的家伙冲我大叫一句，惹得街边的路人纷纷侧目，他还故作紧张地用右手光滑圆润的手指甲去掐我的人中。

"放心，还活着！"我鄙视地瞥了他一眼，埋下头继续捡我每天必被他弄得散落一地的东西。

　　Oh,my God（哦，天哪），这欠揍的货就这么把我的回忆打断了！

　　"怎么了？"陆领似乎觉察到我的异常，轻轻笑了笑，把我像第一次见面那样搂住，还凑到我耳边用调戏的语气说，"朕的爱妻在想事情吗？"他炽热的气息喷洒在我耳边，弄得我的耳朵一阵酥麻，脸也红了个透。

　　"喂！"我用力把这个正在坏笑的家伙推开，"男女授受不亲懂不懂啊！"

　　没想到，这家伙反而一把紧紧抱住了我。哦，天哪，上帝，你告诉我，一个人怎么能够恬不知耻到这种地步？

　　喂……这不会是还在演戏吧？心中一个声音响起，我慌了，环视四周。呼，好在没有一批八卦市民围过来"看戏"。

　　"想事情，我和你一起吧！"

　　喂！等等，what（什么）？什么情况！

　　我一惊，鸡皮疙瘩暴长，毫无形象地在他怀里拼命挣扎。

　　毫无征兆地，一幕场景在眼前浮现——

　　我正一个人生着闷气，像小说中的女主角一样，一个人在柏油马路上边慢慢走着边抹眼泪，好有意境地轻踢着路面的小石子，对在身后大叫我名字的陆领只是回眸一抹泪。

　　刺耳的汽车鸣笛声响起，就在我面前。摆卜米我满脸错愕，因为地上刺目的鲜血。

　　再看到陆领，却是在医院。

　　他像对一个被吓坏的小孩儿一样对我说，我怎么这么胆小，看到一点儿血就晕了。

　　这回我是真哭了。看到他缠着绷带还要努力挤出一丝笑来面对我的那种样子，看到病床旁的那份通知单。

"别难过,我只是回到了我的那个星球而已啊,我会像那个教授一样,回到地球上来……"

"那,你……你……还记得我吗?"

静谧,他没有回答。

我哭得撕心裂肺,像那时,像这时。

一只有着修长手指的手触到了我的脸颊。

"怎么了?"

他忘了。

我相信,我们一直在一起。就算忘记,我也会把过去的一切都告诉你。但是陆领,你要记得带我走,去遥远的星球,去你的那个星球。

在那里,我会告诉你我从来没有告诉过你的事。

比如,我爱你。

作者点评:

不得不说作者脑洞开得够大,给读者呈现了一个有些出于意料的结局。这种发散性思维在写作中是比较难能可贵的,如果作者在写作方面勤加练习,定会写出自己的风格。

——耶夏

好狗 Zippo

文/是今杨洋

苗淼和他的相遇很偶然。

那天,她刚刚从电梯出来,迎面一条爱尔兰牧羊犬跑过来。毫无防备的苗淼"啊"的一声尖叫,紧紧贴住了墙。她天生就怕狗,连小小的吉娃娃都会避之不及,更何况是这么大一只。

大狗神采奕奕地呵着粗气,活泼调皮地冲她吐着舌头,想要凑过来,还好主人紧紧拉住了它的绳子。

惊慌失措中,苗淼听见了一声清朗温柔的男声:"对不起,它不咬人,你别怕。"

主人带着狗进了电梯,苗淼狠狠地扭头看了一眼,电梯门正在合上,只看见一双带笑的眼睛和一张年轻清俊、带着歉意的面孔。

没想到两周后,她会再次遇见他。

电梯从上面下来,停在十四楼,她快步走进去,入目是一片抢眼的芬芳。

一个男人手里捧着大束的鲜花,白色的雏菊,红色的玫瑰,五颜六色的康乃馨,乱纷纷地开得热闹而痛快。

是今:喜欢码字,乐此不疲。希望能读万卷书,行万里路,但基本宅在家里,看书喝茶加胡思乱想。代表作品:《幸得相逢未嫁时》等。

她对花粉过敏,很快鼻腔开始发痒,在连着打出四个喷嚏后,她听见了一声很熟悉的"对不起",然后是很温柔的询问:"你对花粉过敏?"

她抬起头,这才发现抱着鲜花的男人是那条爱尔兰牧羊犬的主人。

她不好意思地笑笑,电梯门一开,再次跑得飞快。下台阶时,细细的高跟鞋还不小心扭了一下,然后,她听见了身后极其轻微的一声闷笑。

她觉得自己一定脸红了,那种脸颊微微发热,心里微微荡漾的感觉已经许久不曾有过。她暗暗懊恼自己为什么两次见到他,都这么尴尬。

她开始很勤快地去倒垃圾,去拿报纸,去超市买东西。当她按下箭头,电梯从上而下缓缓落到十四楼的时候,她期望在门开时看见那双带着笑意的眼睛。

希望总是落空,但她毫不气馁,同在一个楼上,她相信总会遇见他。

可是,两次偶遇之后,春天已经到了结尾,她却没有再碰见他。

她心里说不出来地失落,一场缠绵的雨之后,空气清凉,夜色空蒙。她在花园的回廊下,低头慢慢地走着,蹚过一片雨水积起的水泽,她突然被一阵脚步惊得抬起头。

熟悉的喘气声,溅起的水花。她惊慌地站在那儿,虽然她很久没有碰见他,很想碰见他,却不想碰见他那活泼热情的大狗。

他喝了一声:"Zippo(注:狗的名字)!"

大狗终于在她面前停住,回头跑向了他。

她舒了一口气,看着他,夜色里看不清他的脸,可是他的身影、他的声音,她很熟悉,没来由地,她有一种怦然心跳的感觉。

他走过来,笑着说:"Zippo喜欢绿茶香水的味道,所以,对你总是很热情。"

原来是这样。她笑了笑:"狗狗的名字很有趣。"

"看来取得不够好,它总是这么活泼热情,尤其是见了美女。"

她有些羞赧,也很高兴,鼓起勇气问他住在哪儿。原来他住在二十六楼,与她大约只隔了三十六米的距离。

下过雨的夜晚,空气清新幽凉,Zippo撒着欢儿跑来跑去,好几次都凑到她的跟前,她第一次不再害怕狗。

多年以后,她在黄昏的街头,每次看见爱尔兰牧羊犬,总会多看一眼,然后想起那场距离三十六米的暗恋。

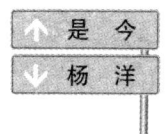

然而没有一条狗像Zippo一样活泼热情,喜欢绿茶香水的味道,总是凑在苗淼的身边寻求她羞涩而纯真的神情。

苗淼也多了一个走在街上总要看看路过身边的狗狗的习惯,当然她也总是会瞟一眼狗主人,试图寻找最初的怦然心动。不是刻意,只是无心,也许连她自己都不知道自己在期待什么。

她还是像往常一样喜欢在雨后漫步,微湿的空气夹杂着泥土的气息,朴实得诱人的芬芳让她觉得惬意,再坏的心情都被冲刷得一干二净。一走神,她奋笔疾书连夜赶出的毕业论文就被一个匆忙的路人碰落,掉进了雨水里,她虽然生气,但居然对这个匆忙得甚至忘记道歉、只塞给她一张名片的男人发不出火来。她盯着那张简单的名片,微微出了神,竟然是宠物店店主呢!想起他匆忙的侧脸,只留下一句"需要赔偿的话打给我",然后消失在雨中。地上论文的字晕开了,

"我叫苗淼。"她的震撼与喜悦糅杂在一起,转身看到头发微湿的他手捧一束玫瑰,红色纸折的玫瑰多了些许灰尘,一如既往地温柔。

她以为他早已将她忘记,以为他没注意到她,以为不会再见到他。他却还记得她对花粉过敏,这束纸玫瑰也许一早就准备好了吧,缘分有时就是这么巧。

即使再不相信一见钟情,却仍旧败给了一见钟情。

> **作者点评:**
>
> 一场略带忧伤的暗恋,貌似就要无疾而终,却峰回路转有了让人意外的结局,清新自然,不牵强,不虐心,是一篇非常可爱而甜蜜的续写。
>
> ——是今

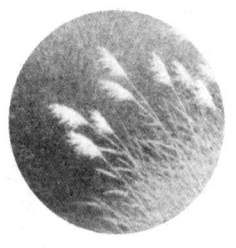

奇幻校园

被仰望的星星

文/籽　月　少司命

　　启幕学院高中部里，一个女生正趴在课桌上睡觉，她那仿佛已经落上厚厚的灰尘的课本上歪歪扭扭地写着"离潋"两个大字，那女生的面容十分俊秀，五官有着阳光般的朝气，鼻梁很窄，有一点儿弯弯的弧度，嘴唇丰满光泽，长长的睫毛忽然扇动了两下，她轻轻地睁开眼睛，她的眼睛大而明亮，整个五官因为她的眼睛而变得柔和起来。她真是一个非常好看的女孩子。

　　女生忽然伸了一个大大的懒腰，张大嘴打了一个很大的哈欠，完全将她美丽的气质给破坏了。

　　离潋泪眼蒙眬地瞪着讲台上长着一头红发的外教，郁闷地想：真不知道他在叽里呱啦讲些什么，我们学院真是有毛病！好好的中国老师不请，非要搞那么多老外来教书，鬼知道他们在讲什么啊。这不逼我浪费国家资源和我老爸的钞票吗？

　　"零……零……"下课的铃声终于打响了。

　　离潋立刻来了精神，只见她迅速坐直身体，拿起书包就准备开溜，可衣领被人扯住："离潋同学，你还不能走。"

　　"为什么？"离潋转头，望着班长安韵文，这家伙是班上的魔

　　籽月：国内一线青春畅销书作家，她创作的"夏有乔木　雅望天堂"系列销量已高达一百多万册，开"少年"畅销系列书的先河。

王！被他抓住不死也脱层皮，安韵文打开手里的笔记本，用好听的声音缓缓念道："离溦同学，早上第一节数学课，你在看漫画书，第二节数学课，你在偷吃零食，第三节语文课，你在和秦御同学传字条聊天，第四节语文课，你和赵志建在打扑克牌。而下午的三节英语课你一直在睡觉。"说完合上课堂纪律记录本，冷酷地望着离溦，"根据我们班的班规，你必须留在学校里把今天所学的内容全部罚抄一遍。"

"啊？不是吧？那我要抄到什么时候？"离溦瞪大眼大叫出声，"那个，班长，通融一下啦，不要这样啦。"离溦仰着头，可怜兮兮地乞求着安韵文。

"啪"的一声，安韵文手中的记录本毫不留情地拍在离溦那漂亮的小脸蛋上，优雅地转身："我会在这儿看着你，直到你抄完为止。"

"唉——"离溦垂下头郁闷地长叹一声，知道自己跑不掉了。

"有时间在那儿叹气，还不如快点儿动笔。"

离溦看了一眼安韵文，走回到座位上坐下，到处翻找了半天，然后又跑回安韵文面前，露出讨好的笑容："班长，请借小的一支笔用用！"

安韵文从书中抬头，看着离溦，过了一会儿才从笔盒里拿出一支非常精致的墨绿色的钢笔，钢笔的笔套上镶着三颗碧绿的宝石，宝石发出熠熠的光彩。好漂亮！离溦着迷地看着钢笔，伸手轻触，一阵冰凉沁入心扉，她一下缩回手来。离溦讷讷地说：

"这么好的笔写坏了我可赔不起，找支便宜点儿的借给我。"

"这是我刚才在教室外面捡的，你喜欢就拿去吧！"安韵文说完松开手，坐下，继续看书。

离溦愣愣地问："送我了？"

"嗯！"安韵文一脸平静地点头，眼里却有着隐藏不住的笑意。

"班长,你真是好人!"

离溦大呼三声万岁,拔开钢笔,正准备开始抄课本,忽然一阵地动山摇,教室的灯全灭了,离溦吓得尖叫,安韵文跑过去一把抱住她,一阵强光过后,教室里平静得像什么也没发生过一样,只是那抄书的少女和少年失去了踪影,昂贵的钢笔滚落在地上,发出诡异的光芒。

"班长,"离溦被所看到的景象完完全全地惊吓到了,"为什么有那么多电影?还那么梦幻?"

四周闪耀着莹润的蓝紫色光芒,一粒粒似星星的粒子散落在两个人周围。铺天盖地的图像的主人公都是他们——那些被遗忘的与被铭记的记忆就清晰地在眼前回放。

半晌,安韵文抬了抬眼镜,回应道:"我也不知道,但是我好像……看到了,我的记忆。"

"我好像也是。"离溦的心情还未完全平复,很不敢相信眼前的画面。从她呱呱坠地到现在的每一个时间都有,每一个时间发生的事都清晰无比。

第一幕,离溦才出世。老爸老妈欢喜地迎接自己的降生,他们仍然年轻,没有现在的皱纹和白头发。看起来即使当时的条件远远比不上如今,可是他们嘴角扬起的微笑骗不了人。

离溦忍住了眼睛泛起的酸涩,有多久,他们对自己没有笑得那么开怀了?因为什么呢?

离溦继续看下去,自己开始学会走路,让老爸带自己去游乐园,要老妈天天做自己爱吃的咕噜肉……到后来,自己和同学从吵架发展到动手,得意扬扬地看着那个人眼泪哗哗流,老妈知道后火冒三丈,老爸却护着自己,怎么也不肯让老妈收拾自己。再后来,自己喜欢上了形形色色的东西,又经历了各种各样的生活……却都没有小时候快乐。

"离潋,你哭了。"

"是啊,就是看到了以前的记忆,有点儿怀念。"离潋没去擦眼泪,双眸盯着记忆的一幕幕,不由得问道,"班长,你是不是觉得我很差劲?"

安韵文诧异地看着她,良久后她听到他的声音:"没有人可以随便评价别人,因为没有经历过别人的人生。你不差劲,离潋,你只是忘了怎么去做一个好女孩。"

"嘤嘤——嘤嘤——"一阵奇怪的叫声。离潋抬头看见一只酷似泰迪的小飞熊正在朝安韵文传达着什么。

安韵文轻轻说道:"千痕,不要吵,等我说完。"

"这……"离潋疑惑地盯着安韵文。

"我知道你很困惑,但是我的时间不多了。你听我说吧。"安韵文扬开一抹淡淡的笑容,帅气的脸庞上却有了一丝忧伤,"你听说过每个人在天上都有一颗星星吧。我是你的守护之星。每一颗守护之星都可以化身为人,不过时限只有两年,所以我该走了。不过我很遗憾,没有让你更快乐。"

"班长!你说什么?"离潋急忙拽住他的胳膊,却发觉手中没有一丝触感,她的眼神开始慌乱。

"离潋,你该做一个好女孩的。以后不会有人逼你抄书了,你要加油。"安韵文低头至她的耳际,"离潋,希望你仰望的星星看着的,是快乐的你。"

颜色模糊起来。

"宠物店呢,好像很有趣的样子。"苗淼盯着那张名片自言自语,嘴角扬起一丝弧度,"或许会有可爱的狗狗呢。"

顺着名片上的地址,苗淼走到一间木屋前,很可爱的屋子,外面挂了大大小小的毛绒玩具。她推门进去,一个穿连衣裙的女孩迎了上来:"要不要我帮你挑一只?"女孩眨着可爱的大眼睛望着她。"我想……"她刚吐了两个字就被一个熟悉的声音打断。"小浅,我回来了。"一个男人湿淋淋地抱着一条同样湿透的爱尔兰牧羊犬。她只注意到他的侧脸,瞬间,曾经模糊的回忆,一点点清晰:Zippo、他、三十六米,加速的心跳,内心的翻涌让她想喊他。突然,她不安的内心被一盆凉水浇于平静,甚至失落,只见那女孩拿起纸巾为他擦着头上的雨水,亲昵得令人羡慕,苗淼突然想起捧着一大束鲜花的他,眼里划过一丝落寞,再抬眼,那男人已经进了屋。

"那只狗是叫Zippo吗?"苗淼不禁问道。"对啊,你认识它?它今早跑出去了,刚刚才被追回来,很淘气呢,不知道又看见哪个漂亮姑娘了。"女孩打趣道。她忍住心里的失落,正准备离开。突然一道身影冲出,缠住了她的脚步,她俯下身来抱着湿漉漉的它:"Zippo,你是想我了吗?"Zippo没有回应,只是用耳朵在她的怀中蹭来蹭去。

"嗯,我想你了。"

苗淼浑身一震,愣在了原地,忘记了回头。

那男人晴朗温柔的嗓音,她时隔多年仍不会忘记。她心底被那句话搅得天翻地覆,她眼底泛起了些许涟漪。

"我和Zippo一样,喜欢绿茶香水,漂亮的女孩。那年你只问了我住哪儿,却没告诉我你住哪儿。我们现在可以重新认识一次吗?你好,我叫宁谦,这是我妹妹宁浅。"

安韵文……

离溦看着光晕中的安韵文越来越淡，也越来越远。她想抓住他却怎么也够不到，只有眼睁睁地目送他和光一起消失。

一滴晶莹的眼泪无声落下，离溦无力地跌坐在地上，瞳孔宛若失去了焦距，空洞得令人心疼。残阳似血，跌坐的离溦看着那支诡异昂贵的钢笔，突然露出了笑容。

安韵文似乎根本未曾出现过，因为所有人的记忆里都没有他的痕迹，除了离溦手中的那支钢笔证明他的确存在过……

作者点评：

很感谢续写的朋友能够充满激情地完成这个故事，跟我想象的不同，却又非常打动我。唯一有一些不算缺憾的小缺憾——我的那部分较轻松活泼，续写作者写得较沉稳内敛。当然一个故事有一千种解读，续写作者给了我不一样的感受。这是一种很特别的交流，充满了新鲜感，问好续写作者。

——籽月

云喜的秘密

文/七微木木

> 如果你因失去了太阳而流泪,那么你也将失去群星。
>
> ——泰戈尔

初见时,伊桑就有点儿看不惯云喜。

云喜在学期中忽然插班进来,学校是寄宿制私立高中,四个人一间宿舍,班级女生宿舍里只有伊桑所在的605还剩一个床位,云喜理所当然编在了这儿。她登场的造型可谓夸张,十一月天,她却戴一顶大草帽、"黑超"以及遮挡住三分之二面庞的口罩,只露出一双眼睛在外,俨然刚从海滩度假归来。

原本乱哄哄的寝室刹那间异常安静,伊桑是寝室长,最先回过神儿,上前热情地招呼:"你好,你是新转学来的贺云喜吧?"说着走到门口试图帮她提箱子,她却并不领情,微微侧身,目不斜视地朝空着的那个床位走去。

伊桑尴尬地立在原地,脸上的笑意慢慢僵硬。在其他室友脸上,她看到同样的信息——这个贺云喜,真高傲!真没礼貌!

云喜迅速整理完自己的行李,然后出门。自始至终,她没有说过

七微:青春文学作家,作品占据各大青春文学榜单,代表作有《南风过境》《南风知我意》等。

一句话，仿佛全宿舍的人都不存在。

　　她离开后，女孩们纷纷议论起来，大家一致猜测她长得太丑或者脸上有疤痕之类，不敢见人才这样的！十六七岁的女孩子，总免不了八卦之心，对云喜的真容更加好奇了。

　　当晚，云喜洗漱后依旧戴着大口罩与墨镜，草帽摘掉后，一头漆黑发亮的长发垂在胸前，长长的齐刘海儿遮住额头，在灯光下那模样既怪异还有点儿吓人。更夸张的是，她竟然保持那装扮直接睡觉！

　　真是个怪人！伊桑忍不住腹诽。

　　说起来，这顶多只能算个人爱好，与人无尤。真正令伊桑讨厌云喜的是第二天一早的"厕所事件"。伊桑在洗手间外等了十分钟，敲了五次门，云喜在里面不开门也不出声。最后伊桑憋不住，一溜烟跑到隔壁宿舍去借厕所。

　　再回宿舍，云喜已经出门了，伊桑刷牙时在洗手台上发现很多掉落的头发，一支染发膏静静搁在旁边，地板上还流淌着乌黑的水迹。伊桑蹙眉想了想，片刻，愤怒爬满眼眸，如果她没有猜错，云喜霸占厕所这么久八成是在染发！

　　真可恶啊！

　　因为心里有了芥蒂，伊桑越看越觉得云喜令人讨厌。比如，女孩子不能留过肩长发是校规，偏偏她一个人搞特殊，不仅如此，那么长的头发还可以披散着！再比如，凭什么她上课也可以大摇大摆地戴着大口罩与墨镜？好像全班人都有传染病似的。

　　对此，不仅伊桑，全校人都对云喜充满了好奇与不满。然后，各种版本的猜测如雪花般飘洒，传得最多的两种是：一、云喜以此标新立异，以博眼球；二、她一定长得非常非常丑，羞于见人。甚至有人就这两种可能打起赌来。

　　云喜从不离身的口罩与墨镜被摘掉，是在她转学来的一个月后。

那天是学期最后一堂体育课,一千五百米长跑测试。天冷,女生们个个唉声叹气,有人发现云喜没来参加考试,跑去问体育老师,得到的答案很令人生气——贺云喜特批无须参加测试。一群女生愤愤地表示不公平,不知谁出的主意,派了个人去教室将云喜骗到了操场,然后团团将她围住,一个人夺她的墨镜,一个人扯掉了她的大口罩……

伊桑听到凄厉的尖叫声时,刚从小卖部买了奶茶过来。她跑过去,那些围着云喜的女生已纷纷后退,嘴里发出阵阵吸气声,闹哄哄的操场在那一刻变得异常安静,唯有蹲在地上瑟瑟发抖的云喜的尖叫声响彻云霄。

伊桑终于看见云喜的真面目。

她没有毁容,脸上也没有半点儿疤痕,她的五官甚至很清秀,只是……

震惊中,伊桑终于明白了云喜那样装扮自己的缘由。下一秒,她迅速脱下运动服,罩在云喜的头上。

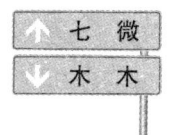

有那么些许正义感的伊桑觉得那些女生这次做得有些过分了,便责怪道:"你们怎么可以这样?"那群女生自知理亏,也没说些什么,默默地散了。

一切都安静下来,寒风也悄悄地躲了起来,独留云喜的啜泣声。一旁的伊桑摇摇头,走到云喜面前,将她扶起,安置在一棵远离操场的大树下。

伊桑怔怔地看着云喜,回忆着之前的事情,真是不可思议啊!直到云喜缓过来,将运动服还给她,轻声地道谢。再一次看到云喜的面容的伊桑更加吃惊，喃喃道："这——不……不一样，怎么回事，蝴蝶呢？"

伊桑当即意识到自己有些失礼，便尴尬地笑了笑，却不禁将目光聚焦在此时云喜脸上的美人痣上，她只是想确认自己有没有眼花，之前明明是被一只蓝色的蝴蝶所代替的呀！看来云喜还真有点儿古怪。云喜似乎看穿了伊桑的心思，一个大跨步离开大树笼罩的范围。"嘶……"伊桑听到了自己倒吸一口凉气的声音。

云喜脸上的美人痣转眼间变成一只华丽且妖艳的蓝蝴蝶。伊桑壮着胆走近了一步，隐隐可以看见蝴蝶的触角扎进云喜白嫩的皮肤中，就像一棵长在深山中的人参一般根深蒂固，伊桑从未见过这种蝴蝶，它的蓝宁静得如大海一般，薄翼上神秘的花纹若隐若现，给人的印象实在堪称女王一般完美。但是二者结合在一起，却没有相得益彰，倒有种说不出的怪异，平添了几分惊悚，让人错愕。看着伊桑用看怪物的眼神看着自己，云喜的表情多了几分无奈，冷冷地说道："你听说过暮泊集团吗？"

被云喜突然问了个看似不着边的问题，伊桑的脑袋飞速运转了三十秒后，给出了答案："是那个以出售蝴蝶标本闻名世界的暮泊集团吗？"

云喜点点头："我就是暮云鹤。"伊桑抽了抽嘴角，暗自嘀咕道：要么云喜有病，要么就是自己在做梦。暮云鹤可是董事长暮云泊的妹妹啊，而且暮云鹤两年前就去世了。

云喜直接忽略了这些，继续说道："暮云鹤去世这件事，只需要我和哥哥好好配合就够了，堂堂暮泊集团想要作假有何难？知道为什么唯独暮泊集团的蝴蝶标本深受人们追捧吗？因为哥哥抓住了蝶王。"

伊桑在一旁无聊地用脚蹭着草地，闷闷地想：这好像和云喜脸上

的东西无关吧……

"有蝶王在的地方,哪怕只是蝶王的尸体,蝴蝶们的翅膀都会异常美丽,具有俘获人心的力量。但一切都是要付出代价的。"云喜顿了顿,看向一旁神游天际的伊桑,兀自说道,"我脸上的东西就是代价,这是诅咒。"

伊桑因云喜话语中的悲戚而愣住了,这不是小说里才有的故事情节吗?怎么会在现实生活中出现?但是话到嘴边变成了一连串的问题:"你戴上口罩蝴蝶就会消失,变成普通的美人痣吗?那天染发又是怎么回事?为什么要违反校规留过肩长发?你……"她伸手指了指云喜脸上的蝴蝶,突然说不出话来了。

云喜耐心地回答道:"蝴蝶只有遇到光才会出现,平时都潜伏着,凝成一点,看起来就像一颗美人痣,所以我只能戴着不透光的口罩;既然蝴蝶寄生在我的体内,自然就要汲取营养,所以我的头发会定期变白,我只好染发;至于头发,那是暮家女孩的规定。"

伊桑终于把一切都弄明白了,突然想起某些事:"那些女生怎么办?"

云喜诡异地笑道:"这些还真取决于你。"

伊桑看着云喜的笑容,恍惚了神志,眼前突然一片漆黑,一切归于沉寂。

伊桑再次清醒时,发现自己竟然站在学校小店门口,脚下不是学校操场的草地,树荫换成了小店的遮阳伞,而云喜则被一群女生包围着。那些女生叫嚣着,想把云喜的口罩摘下来。虽然伊桑还没有完全弄清原委,却朝那群女生高声喝道:"住手!"女生们被突如其来的声音吓了一跳,一脸错愕地看着伊桑,停止了动作。

而暂时被忽略的云喜缓缓把口罩摘下,别有深意地朝伊桑一笑,脸上的蝴蝶扑扇着翅膀,划出一道弧线。

> **作者点评：**
>
> 　　天哪，这个作者脑洞开得也太太太大了吧，哈哈！一个校园励志的开头，硬是被接龙成了玄幻。但我想这正是写故事的奇妙与乐趣所在吧，因为无穷无尽的想象力，给我们平淡乏味的生活注入一些激情。女孩脸上生长出一只华丽蝴蝶的设置真的很令人感叹，我觉得一点儿都不可怕，反而有一种惊心动魄的美。蝴蝶见光才会出现，那么最后云喜脸上的蝴蝶绽放，是不是因为伊桑的维护与爱呢？我想这么理解。作者文笔很清丽，如果不受篇幅所限，也许可以写出一个更饱满的故事，还蛮期待的。
>
> ——七微

第八条校规

文 / 韩十三　陈亚琳

被父母强行掠走了手机、iPad、手提电脑丢进这所建在深山里的寄宿制学校时,乔小安是颇有怨言的。

学校是一座老旧的德式建筑,据说为当年的传教士所建造。

更为扯淡的是,这所仿佛被时光抛下了整整一百年的学校,几年间居然为社会培养出了很多出类拔萃的人才。成功的商人、著名的学者,甚至政界要人。可号称电子杀手的乔小安从骨子里讨厌这个看起来美得令人窒息的学校,望着沿着青砖围墙铺满了整个校门的苍绿色藤蔓,从爸爸的豪车里跳下的乔小安暗骂一句,头也不回地向着学校走去。

在这里,一切身份、地位都失去了意义。

这里有商店,可是兜售的全都是可以放进博物馆里的东西,而且买东西要用特殊的"黑石校币"。这不重要,重要的是,所有的黑石校币,必须亲自做工才能得来。这一点,无疑是将从小衣来伸手、饭来张口的乔小安架到火上烤。

其实,刚进校门的时候,乔小安就看见那几条用铁凿子刻在石碑

韩十三:又名缘痕,作家,他平常最喜欢说的一句话就是:"其实,本少爷可以更帅一点儿!"你可以尽情地想象一个男人面对别人的夸奖,故作谦虚矜持状说这句话时欠揍的样子。

上的校规了。

"校规？呵呵，那是什么东西哦？"

这样想着，从来不把任何规矩放在眼里的乔小安忍不住从书包里掏出紫色的唇彩，在那几条校规上画满了搞怪的鬼脸。可是，当她画到最后一条也就是第七条的时候，手指不小心碰到了下面的藤蔓——枯黄败落的藤蔓下面好像还有第八条校规，却被挡住了。

好奇心作怪，乔小安躬下身来，轻轻扒开藤蔓的枝叶：那里的确是有第八条校规的，可是字体明显稚嫩了很多，刻得也很浅，石碑因为潮湿而长满青苔，不仔细去看根本看不见。

"肯定是哪个捣蛋鬼胡乱加上的啦。"

这样想着，乔小安扯掉了挡住视线的所有藤蔓，将一个个字串联起来，缓缓地读道："禁忌第八：远离沈岸。"

"沈岸是谁，那是个人名吗？"

乔小安的嘴角露出一抹轻蔑的微笑，从来她都是学校里的传说，而在这所名叫黑石中学的学校里，又怎能允许那个名叫沈岸的家伙抢尽她的风头？

前来接应的老师，此时已经等在老旧的教学楼门口。看到乔小安后，她面无表情地打了一个手势，便带着她向着教室走去。

乔小安已经忘记自己是怎样度过那看似平凡却又艰难无比的一天的了，直到晚餐时，一整天没有进食，肚子咕咕叫的她才感到了自己的窘迫。学校食堂要用饭票，而饭票是要拿黑石校币来买的，曾经挥金如土的乔小安眼下却身无分文。

空荡荡的橡木长桌前，坐在凳子上的乔小安守着空荡荡的饭碗。她拿出了偷偷藏在书包里的第二部手机，打算向一向溺爱自己的爸爸求救，可是突然发现，居然没有信号！

她几乎要发飙了，而身边的所有人竟然都那么冷漠，吃饭的时候

甚至不发出任何声响。

"嘭!"

正当乔小安沮丧不已的时候,一个盛满香喷喷饭菜的铁制饭盒重重地丢在了她的面前。饭碗砸在桌子上的声音,在寂静的食堂里显得那样刺耳。

抬头看时,乔小安却发现对面站着的那个身材高挑儿的男孩只能用"奇怪"二字来形容。

最显眼的是那副遮住了半张脸的面具,面具是黑色皮革做成的,眼睛部位镂空出了一个洞。从露出的另外半边脸不难看出,对面站着的还是一个美男子。只不过,那俊俏的脸看起来是如此冷。

他脸部和嘴角的弧线,都完美得无可挑剔。

在嘴角轻扬,露出一个寡淡的笑容后,他已经远远地向着餐厅门口走去。

"嘿,你是谁啊?"

对面消瘦的背影没有回答,唯独身边一个瘦弱的女生伸出手来拉了拉乔小安的裙摆,压低声音,小心翼翼地说道:"快坐下吃饭吧,他就是沈岸。"

沈岸这个名字,从女孩口中说出时,是那样恐惧,仿佛是一个不允许打破的禁忌!

裹挟着神秘气息的沈岸挑逗着乔小安的神经末梢,她捅了捅邻座:"他不是校园禁忌吗?讲讲呗。"

"沈岸啊……嗯……他。"邻座颤着声,犹豫地看着远处的背影,"杀过一个人。"

"啊!"

"沈岸是学校冲击名牌大学的特招生,虽然才高二,但他类于天才一样的智商,一进来就没参与正常同学的课程,而是进入这个学校的人才特训班——这也是这个学校能为社会源源不断地输送人才的秘密。因为课程不同,那个班就和普通生零交集,除了他——沈岸。像梦里的人,无可挑剔的相貌和平易近人的性格,在那件事发生以前无疑是全校真正的宠儿。"邻座的眼眸闪着异于起初的喜爱的神色,"只是,半年前,和沈岸一起在实验室的男生,死了。之后的监控显示,是沈岸那时在使用氰化钾。而那天实验的安排,根本不应该用它!"

"那——他现在?"乔小安感到不可思议。

"你是说他还在是吗?因为,最后调查结果是意外操作。怎么可能?任何具有常识的人都不可能弄错的东西,一条人命,最后居然就这样定论,完全不管监控显示!难道就仅因为他是人才!那以后,你也看到了,不知被谁写进校规,而他,变得冷漠,出尔反尔,据说脸被那个死去男生的家长盛怒之下弄得惨不忍睹,只好戴面具。"

"现在,全校都恨他是吗,还有,他的朋友?"乔小安盯着桌上的饭盒,不知为何竟然完全没有替死去的男生打抱不平,甚至在心里某个角落,关于沈岸一定有难言之隐的想法不自觉地清晰。

"朋友?一开始当然还是不信,其实全校都不信,大家甚至认定他是因为什么病——有人听到在调查期间发现他拿起氰化钾是有过头疼的动作和长达两分钟的停顿,但是,他冷漠地否认了,多问几次的甚至被他骂骂咧咧打了一顿!当然,朋友就这样被推跑了。"

头疼和反应的长时间停顿?不知为何,乔小安心里关于真相有一个胆大的揣测:"现在他成绩呢?""那之后的两个月就滑得厉害,现在据说退学了。"

如果是这样。乔小安胡乱扒拉了两口饭,冲出食堂。是的,她要去找沈岸。"沈岸现在没参加人才培训。"这只能说明他也在乱晃。

在学校密匝的树丛里,他躺在草地上,像放空一样发着呆,听到乔小安冲他叫,黑色的眸子一转,像一潭死水般深不可测,然后转身就走。乔小安哪能允许,伸手就拽他,目光在他手心一落,呆住了——缓过来,就开始在沈岸后面跟着。完全不顾他时缓时急的步调和嘴里的咒骂,到后来只剩乔小安不住地问"沈岸,你是不是瞒着什么"。当然没有任何回复。只是他一到宿舍门口,就会突然发怒一样地赶跑乔小安。类似情节连着播放了一个星期。直到那天,走在前面的沈岸忽然问:"你跟了我好多天?"乔小安正想为他疑惑的语气发飙,却又想起什么:"意外操作剧毒物质,显然不是常人会犯的错误,排除蓄意只有出现神经层面疾病的可能。"沈岸骂骂咧咧地开始加速前进。"根据警方及校方之后对你的特殊对待就更明确了,而现在你成绩滑坡,其实这还不算重点,忘了告诉你,这几天,我趁你去乱晃的时候,撬锁进了你房间。"沈岸忽然停住脚步猛地回过头,平静的脸像撕裂一般,问:"看到了什么?!"

"墙上有四个大字:我叫沈岸。还有,所有柜子上都贴有里面东西的名称,以及,'记得吃药'四个字。你的手心画有寝室地址和很多备忘事项。沈岸,你是阿尔茨海默病患者。"沈岸愣了一愣:"那天,我出现幻觉,就错拿了氰化钾,没有印象,后来诊断才——活不了多久的,按这样恶化……学校尊重我封了档案……至于朋友,我不知道自己还会干什么,但把他们推得越远才越安全……我那时写在日记里的话……虽然这些我只能依靠记录留下。校规是我自己刻的。"沈岸取下面具,面容清秀,笑得干净纯粹如三月暖阳。

第二天沈岸消失了。第八条校规只剩石碑刻印,越来越淡,就像不曾存在。

> **作者点评：**
>
> 其实这是一个很大的梗，发挥空间可以说无限大，作者抓住了重点，有限篇幅内已经尽量把所有疑点都解释清楚，这一点实在难得。作者行文轻松，对话逻辑清晰合理，十三建议以后可以稍微在气氛控制上多下点儿功夫，毕竟悬疑文要讲究一下氛围，就好像《西游记》里每个妖怪出场都要喷一阵白烟一样。总体来说看好你哟，其实十三本来是想看男主角冷酷一点儿、神秘一点儿，不过现在的萌汉子也别有一番滋味呢。
>
> ——韩十三

恋如风花

文 / 林笛儿　林羽尘

　　台风欲来，天黑得像口锅。

　　江雪华不知道现在是什么时候，也不记得自己在球场的看台上坐了多久。校园里，好像已经没几个人了。

　　过去的这三天，江雪华不知自己是怎么过来的，交卷铃一响，感觉整个人像被碾过一样。江雪华呆呆地坐着，然后看到露台外面，雪花样的纸片纷纷扬扬。男生们在吼，女生们在叫。是的，解放了，那些山一样的书本再也用不着了。

　　别了，三中。

　　才子陈学谦说他要去英国为他的留学之旅铺块砖，胖胖的班长说他要睡个三天三夜，醒了后大吃特吃，费力说他要在网吧待一个星期，谁和他说话，他和谁拼命。

　　"我要好好地看几场电影，雪华，你呢？"李木子问道。

　　江雪华恍恍惚惚地往外走。高三生涯沉重而又凝重，连呼吸都像种奢侈。从食堂回教室，会经过球场。晚饭时间，高岩都在球场打球。李木子说，高岩对篮球的痴迷，已经到了走火入魔的地步。要不是进体育学院需要文化成绩，他有可能都不会进教室。他的人生坐标

林笛儿：知名网络作家，代表作品有《纸玫瑰》《漂洋过海来看你》等。

是：先进CBA，再去NBA。

经过球场的二十秒，是江雪华一个人悄悄的快乐。她对自己说，如果考得好，她要好好地看高岩打一场完整的球，而不是二十秒。"

江雪华考得还不错。

雨落下来了，砸在脸上微微地凉。高岩还在打球，他矫健地奔跑、跳跃、投篮，假动作得逞时，俊眉一挑，唇角荡起笑意。

雨大了起来，狂风暴雨般。同伴拍拍高岩的肩，他恋恋不舍地看看球架，走了。他没有看到看台上淋得像落汤鸡似的江雪华。

"你疯了，你知道那所学校在哪儿吗？"李木子瞪着江雪华的志愿表，脸上写着"这人病得不轻，得服药了"。

她知道的，那是中国最北端的一座城市，十月底就开始入冬。散步时，稍微走远点儿，就到俄罗斯了。"我想去看风花。"

风花，随风而生，随风而逝。这样的景致在热带岛屿是看不到的。其实，这只是一个牵强得不能再牵强的借口。江雪华想远离海岛，去一个陌生的地方，那里，有着陌生的天气、陌生的同学，没有人谈起高岩，从食堂出来，也不会经过球场。也许会很不适应，但她会去努力去面对。

心，走到某个时候，原来是无法承受孤单的。所以，她要将情感"发配充军"，让时光慢慢抹尽。不然，不知如何走下去。

李木子和江雪华从牙牙学语时就是朋友，无法接受她这样的始乱终弃。"我恨你。"

"想我就去看看地图。"李木子恋家，她选择留在海岛。海岛与江雪华在志愿表上填的那所学校的距离，在地图上就像在从雄鸡的鸡冠顶端到尾巴的尾端。

"当你冻成冰柱时，我会穿比基尼和你视频。"李木子咬牙切齿。

江雪华笑了,目光飘向窗外。今天的球场上没有高岩,他已经提前去了大学,为新的赛季集训。

别了,海岛。江雪华闭上眼睛。

没有想到,北方的城市秋与冬之间完全没有过渡,寒冷来得如此突然,雪没完没了地下着,温度一天天往下掉。南北饮食差异又那么大,日子过得艰难。夜晚,在QQ上,李木子变本加厉地秀阳光,秀鲜花。她还有了男友。"你也认识的,但是我不会告诉你他是谁。"她神秘兮兮地说道。

是陈学谦吗?李木子暗恋他不是一天两天了。

天再冷,每周一次的体育课还是要上的,不过从室外移到了室内。体育馆内有两个班,女生做高低杠,男生打排球。大概是连筋骨也冻僵了,江雪华好不容易才上杠,刚抬了下手臂,重心没维持稳,"啪"的一声,整个人从上面直直地坠在垫子上。

好疼!

坠地的姿势太狼狈,男生、女生都笑了,其中有个男生笑得特别大声,江雪华气恼地瞪过去,对上一双黑曜石般的眼睛。

每次在QQ上饶有兴致地触及"恋爱"这个话题,就算不能视频通话,江雪华也能幻想出李木子脸上那难以掩饰的笑。

李木子终于将她的他完全公开了——的确是陈学谦。

一张张照片犹如美好时间的定格,在李木子的QQ空间里一箩筐接着一箩筐地抖搂出来。不管是几天前和陈学谦手牵手地轧马路,还是一星期前在星巴克用两根吸管共享李木子最喜欢的百香果绿,每一张，李木子脸上都洋溢着白色花朵一般的笑，俨然徜徉在幸福海洋的少女。最令江雪华吃惊的是，每一张照片上都有日期，最早的一张竟然是在还未高考的时候。

那时的李木子还是个在提起"陈学谦"这个名字时会羞涩得涨红脸低下头的少女，江雪华也不曾感觉她有何异样，那时的他们，竟然就在一起了。

在感叹"这家伙，藏得够深"的同时，江雪华莫名地感到一丝伤感，想起高岩那张英气逼人的面孔，想起那么多次他瞧都没瞧自己一眼，自己却执着地爱着他，想起他在球场上的飒爽英姿。

每每看到这些照片，江雪华都会不由自主地感到惆怅。目光望向窗外，恍惚中她看见三中那些微微有些锈迹的篮球架和高岩一次一次投篮的身影，回过神来，却只能看到那宛若自己般在空中胡乱飞舞的枯败的朽叶。

至少他们是幸福的呢。

脑海里蹦出这句话时，像对自己进行可笑的自我安慰一样，江雪华在苦笑后，开始近乎排斥地不用任何交际工具，不开手机，不与任何人交谈。

周围的人像议论神经质症患者一样议论江雪华——那个快要把自己封锁在属于自己的地域里的江雪华。

终于，因为江雪华一星期无音讯，李木子忍无可忍地拨通了她几乎不拨的长途，江雪华则是在自己少有的几次开机时怔怔地按下了接听键。

"喂！怎么回事？搞失踪啊?！"李木子冲电话那头的江雪华歇斯底里地大吼。

连一声极具敷衍的回应都没有，江雪华猛地切断了电话，然后趴到床上放声大哭，任凭自己和李木子一起选的铃声一遍一遍地响起，像是把手机丢进了最深的山谷，铃声不停地回荡在空气里。

如果世界是真空的，和月球一样就好了。听不到任何声音，只有生物悲伤地比画着手语。如果是那样，自己会不会少受很多伤害呢？江雪华这样想着，却没有感觉到泪水冲刷的脸庞紧绷绷的，还泛着火辣辣的疼痛。

一直到那通电话后的两个礼拜，江雪华终于感到自己这几个礼拜的失态，沉默着打开了久违的交际软件。

出人意料的是，李木子的空间相册竟同样有几个礼拜的时间没更新。没有一直以来都不断更新的甜蜜的照片，更没有不断的甜言蜜语，只有一张镜头上满是湿纸巾、背景是两只分开的手的唯一更新的照片。

冰雪聪明的江雪华知道这意味着什么——他们分手了。

那一刻，江雪华像被打了兴奋剂一样大笑起来，然后疯了一般地跑向操场，拼了命地跑。不知跑了多久，气喘吁吁的江雪华能感到脸上模糊一片。黏黏糊糊的液体，不知是汗水，还是眼泪。

她开始每天对李木子进行所谓的"催命连环call（呼唤）"，或许是她安抚的语言，或许是李木子本就大大咧咧，两人终于恢复到原来"不计话费都要联系"的"脑残闺密"状态。

安然无恙地度过了一阵子，江雪华突然发现，自己几年没用的邮箱出现了好几封未读邮件。

是高岩从海岛那边发过来的一封封告白信，每一封，都那样真挚，带着让人有些不敢相信的巨大幸福海浪。

江雪华不由自主地扬了扬眉毛，既有惊喜，又有惊讶。

但她拒绝了。

一封短短的拒绝信，丝毫未提到自己之前对他那样真的感情。

郑重地按下发送键，江雪华像扔下一个重担一样，一屁股坐在床上,长舒了一口气。

江雪华突然发现自己心口那个叫"高岩"的淤块,犹如那场在慢慢融化的轻雪,在慢慢消散。她飞速整理好乱糟糟的房间,套上正装,穿好高跟鞋,大步迈出房门。

再见,高岩。也许你就像落在我心口的一场风花,现在它们在融化,我也要和你、和过去说"再见"。

> **作者点评:**
>
> 文笔很清新、秀丽,用简洁的语言让故事如溪水般潺潺向前,那种对恋情的青涩初体验,小女生之间的闺蜜互动,一点点道来,形象又有趣,虽然与我的初衷不同,不过,我更喜欢这位同学写的这篇。起名《恋如风花》,就注定了这文会有一个无望的结局。在异乡求学把爱紧锁在心底的江雪华太孤单了,有时候,到了一个极限,就无法承受其重。她的生命里出现了一个阳光灿烂的男生,不知不觉地温暖了她的人生。
>
> ——林笛儿

约定

文/朱品燕 林间清歌

那是七月的一个周日。

夏日炎炎正好眠。但秦小冉的电话和知了一样聒噪。

他站在落地窗前,看日头正烈,院子里去年工人移栽来的樱桃树、柿子树、桃树都已浓翠欲滴,草坪亦碧绿整洁。唯有不知哪里乔迁来的知了,吱吱吱叫个没完。烦透了,想出去拿把枪把它们全找出来"突突"了,可是它们就默契地即刻住口。等他一回屋,又挑衅似的开始喊叫。

他气恼得想把手里的手机丢出去,转念便只丢出去一个窗边的杯垫。知了自然没砸到,却不知从哪里砸出来一只黑猫,定定地站住,眼睛碧绿,与他对视。他心里有一丝说不清道不明的别扭,于是把另外一只杯垫也朝它丢过去。

这当口儿手机又响起来。他低头看屏幕,又是秦小冉。接通后再往外看,那只猫已经不见了。

秦小冉先是打电话说要来这里。他刚从美国出差回来,正在倒时差,本想改天约,但她的电话不依不饶,一个劲儿地撒娇,并且说自己已经穿戴好走在路上了。

朱品燕:又名17楼的VV。当红期刊小说写手,被评为"红袖添香"文学网站2004年度最具潜力女性小说写手。

他算了算时间，觉得从她的学校到此地，时间也够他小憩一会儿，便改口答应。

但不一会儿，她的电话又打过来，她的声音有点儿怪，说自己扭了腿，让他去接她。

他有点儿烦躁，却听见电话里她的声音带了哭腔，她说："阿朗，我真的很想你。"

他的心猛地一动，觉得那一刻内心有些许久违的温情浮动，于是挂了电话，便驾车往她的学校开去。

秦小冉的校区临近郊外，当时主城区一大批学校为应对扩招，纷纷在郊区建立分校。此地便挪来了两所。一所是A大，对面便是他的本科母校。一晃十年过去，他也从当年自小县城惴惴不安踏入北京城的少年，成为下巴刮得雪青的中年人。

这几年，其实他很少踏足这里。只是一年前在校园路边遇到秦小冉。那一天似乎也是盛夏七月，她是着短裙、扎马尾的少女，手里的篮球蹦过来几乎砸到车边的他，后来她要了他的电话，隔天便打给他。再后来，便是她经常背着包去家里找他。

她说在湖边扭了脚，因此趴在白色石桌上等他。

整个校园不复往日的喧嚣，大抵已经沉入午睡。他把车照例停进访客停车场，一路走过餐厅、篮球场，然后去往图书馆。

A大是文科院校，校园内绿树红花、亭台楼阁，有江南风韵。图书馆外一角是一片小树林，林中有个人工湖。这里是情侣幽会的最佳场所，学校体贴地建了一道长廊，还零星散放着几处石桌石凳。他拨开垂落的枝条，看到前方趴伏的白色身影。

再走近一点儿，看到对方的手指似在石桌上一遍一遍写字，他只看到"七"字的笔画，还未看完，对方已经察觉，抬起头来对他说："阿朗，你来了。"

这一年里,大概这次美国的长差是他们分别最久的一次。两个月,他觉得她变得和自己的印象隐约不同。还是一头漆黑的长发,妩媚的大眼睛,眨起来其中似有波光流动。饱满的胸脯,随呼吸微微起伏。但是她一直叫他朗叔叔,情到浓时经常抱住他"叔叔""叔叔"地一通乱叫。但今天她叫他阿朗。

记忆之中,仿佛已经有七年,没有人这么唤过他了。

他觉得林中气温偏低,许是枝叶遮蔽日光加之一旁湖边幽深的水汽。于是同她说:"我们走?"

往常她可能会笑嘻嘻地直接扑上他的背,但她看他一眼:"陪我坐一会儿好吗?"

他觉得她的眼中似有千言万语,亦有一种重逢的熟稔,不知不觉坐在一边,伸出手去摸摸她的头:"怎么了?"

她缎子一般的长发,触手冰凉。他心里一惊,收回手,却看到手掌中有几根掉落的发丝。阳光自叶片缝隙艰难跻身而入,他想用手指将其捡起,却发现日光过处,发丝寸寸断裂。

阿朗。七月七日长生殿,你还记不记得当日的誓言?她站起来,笑着向他走过去,眼睛里却全是眼泪。这时他才看到她一只脚赤裸,另外一只脚上穿一只湿淋淋的鞋。

看到那只鞋子,他只觉得咽喉似被一只大手扼住,捂住胸口大声叫出来。

他感觉到一瞬间脑中有什么东西破碎了,他瞪大了眼睛,直勾勾望着那只鞋,鞋已经发黄了,款式极旧,绣着大朵的红花,染着点点

猩红色。鞋子并不合脚，女孩纤细的脚上显出紧绷的蓝紫色的毛细血管。

那只鞋，他绝对见过，他也不可能忘记。

他下意识地后退，大口喘息。

"阿朗，你不记得我了吗？七年前，长生殿里我们的约定啊！"她一步一步走上前去，眼神温柔，声音轻柔。

他喉头一阵阵发干，几乎是本能，他脱口而出："过去的事就过去吧。"他听见自己慌乱的声音，"我……我还有事，先走了。"他强迫自己回头，不顾女孩的泪眼，三步并作两步离去。

上了车，他才稍稍平静下来，从来不抽烟的他点了一支，呛得直咳嗽。秦小冉的电话又几次打来，他心慌意乱，干脆关了机，慢慢回忆起当年长生殿的事来。

说起来那是七年前的事了。大三那年他遭受了打击，独自去西安散心。有一天下着倾盆大雨，他心血来潮去逛长生殿，刚要进门，就被一个女孩拉住了袖子。女孩长得清秀，但满眼都是委屈，哭着说："我终于找到你了。"

他吓了一跳，抬眼望去，稀稀拉拉的游人和小贩都望着他。他尴尬极了，把女孩拉到一旁，细细询问才知，女孩独自来西安见网友，等了几天，钱快花光了，人却没等来，刚才认错人了。

女孩抽泣着，肩膀一耸一耸。他向女孩解释清楚，正欲走时，看见女孩的模样，又有点儿不忍心。最终，对女孩的怜惜战胜了他囊中羞涩的困窘，他决定带女孩转转，再送她回家。

女孩破涕为笑，他带女孩去吃肉夹馍，女孩鞋子湿透了，他又为女孩在手工摊上买了一双绣鞋。快分别时，女孩提出要去长生殿看看。

女孩性格安静，长这么大没离开过小镇，一切对她来说都十分新鲜。但她只是牢牢跟在他的身边，遇见新奇事，就拉拉他的衣袖，说："阿朗，快看！"他也把她当作妹妹，给她读碑上刻的"七月七日长生殿，夜半无人私语时。在天愿作比翼鸟，在地愿为连理枝"。他又给她讲杨贵妃和唐玄宗的故事。女孩乖巧地听着，半晌她才说："阿朗，你以后会娶我吗？"他吃了一惊，笑："你太小了。"

"我会长大的，我现在十四岁，再过七年，你娶我好不好？"他望着这个半大的女孩，扑哧一笑："好好好，不过你得好好学习。"女孩望着他，温和的眸子里闪着光："会的！""你还要听父母的话，不要乱跑。"女孩点头。

那一天，他把女孩送上列车。隔天，却从报纸上看见那班列车脱轨，多人死亡。他一直对自己说女孩会幸免于难，却怎么也骗不了自己。这些年来，他一直沉浸在不安之中。

他觉得，是自己害死了女孩。

但过去的事怎么可能这样过去？

他刚才遇见的，真的是小冉吗？还是当年那女孩冤魂归来？秦小冉会不会有危险？

他从来不相信鬼怪，深吸了一口气，平静下来，掐了烟，折身找她。石桌旁已经没了那个倩影。

秦小冉的电话再次打来，他接了，只听见对方深深叹气的声音，半晌，挂了。

时间滑过去很长一段，近半个月来，秦小冉的电话都没打通。他有些担忧。

这天清晨，阳光明媚，他收到了一封信，没有署名。

阿朗：

　　真抱歉，那天在湖边吓到你了。这些天我想了很久，你说得对，过去的事就过去吧。我是小冉的同胞姐姐。我得了癌症，活不了多久。小冉知道我还挂念七年前的事，又知道了你是我要找的人，就安排了那次见面。我是不是有点儿傻？把七年前的玩笑当真了。医生说我的日子不多了，我放弃了化疗，我想在还活着的时候去看看世界。别怨小冉，小冉是个没心没肺的女孩，但她真的喜欢你。七年前的约定，算是废除了，不过，这一次，我们另做一个约定，你可得答应我，好好对小冉。

他读完信，心情久久不能平静。他想，今天要请假去找小冉，不达目的不罢休。

他要站在她面前，狠狠地责怪她的不辞而别，还要和她一起去找她的姐姐，陪她度过生命中最后的时光。还要紧紧握住小冉的手，再也不放开。

> **编辑点评：**
>
> 这篇小说给我留下了较为深刻的印象。情节生动、文笔细腻，这位同学的这篇后续和原作者写的前文结合得非常紧密。可以看出这位同学写作的功底很不错，通过对情节的把握，使得整个故事读起来就如出自一人之手。能够一直坚守一个约定，也许就是世界上最温暖的事情。
>
> ——编者

记忆碎片

朋友

文 / 彭 湃 墨 羽

睁开眼,首先看到了单调而洁白的天花板,房间简陋而整洁,光线明亮,空气里弥散着呛鼻的消毒药水味,是一间普通的单人病房。

我试着把断线的记忆牵起来,却头痛欲裂。睡去之前我在哪儿,又做着什么?我依稀记得是深夜,下着大雨,落地窗……对,有一扇很大的落地窗,狂风吹起窗帘,像大鸟的羽翼在天空逐渐张开,然后是狰狞的闪电,把窗帘后面一个女孩的脸映得苍白又哀伤,我记得她的名字,叫青柠,这是我唯一记得的人。

"你醒啦?"一个温柔得有些刻意的声音响起。我缓缓侧目,看到一位打扮精致、保养有道的贵妇人,但从那细细的鱼尾纹还是看得出上了年纪。她朝我亲切地笑,眼神却透着几分紧张。我有一种感觉,她熟悉我,又怕我,好像我知道她的什么秘密。

"你是谁?"

"你的妈妈呀。"她伸过手来握住我的手,"孩子,你是我的女儿。"

"我是谁?"我又问。

"你叫陈静安,你这里受伤了。"她指了指自己的脑袋,"你失

彭湃:青春文学作家,超人气创作潮男,人气男模。代表作品有《当我们的青春渐渐苍老》《当我们的青春无处安放》等。

忆了，不过别害怕，医生说只是暂时的。"

我不害怕，我只是茫然，像孤零零地漂浮在大海上，找不到依托。自称是妈妈的人絮絮叨叨地讲起来，从她的口中得知，我叫陈静安，十七岁，从小就性格乖巧，成绩优异，九岁开始学钢琴，十五岁考入市重点中学，父母眼里的好女儿，老师眼中的好学生，兴趣众多，交友广泛。

我听她说起我的事，像在听她夸奖一个完美的陌生人。

慢慢地，我累了，再次睡去。我又梦到青柠，时间依旧是深夜，她的笑容像皎洁的月光，柔软又恬静。她总是陪着我，似乎是我最好的朋友，她还很酷，是个什么都敢做的坏女孩。我难过时她从不安慰我，只是陪在我身边。她总是问："静安，你快乐吗？"

我点点头，又摇摇头。

然后她皱着眉，敲我的脑袋："你真够蠢的呀！"

再次醒来时是清晨，自称妈妈的女人消失了。我身体还很虚弱，但已经能下床活动了。我的头上缠着纱巾，我偷偷撕下它，奇怪的是并没有在头上发现伤痕，还有很多奇怪的事，比如，我的中指和无名指发黄，那是经常抽烟染上的痕迹，我的手腕上还有很多条深深浅浅的刀疤，像自残过。这样的我怎么会是好学生、好女儿？

那个女人在撒谎，我背脊一阵发凉。我努力思考，依然什么也想不起来。

下午，那女人又过来了，这次我心生警惕，并准备了许多问题刁难她。

"我爸爸呢？"

"还在国外出差，他很忙，得下星期才能回来。"

"我生日是多少号？"

"四月六号。"

"可我一直记得一个数字:七月二号。"

女人愣了下,眼神黯然:"那是你亲生父亲的忌日。静安,十一岁那年,你爸爸死了……"

一瞬间,记忆开始闪回,下雨天,十字路口,血泊中的尸体,沾满鲜血的双手,围观的路人……我头痛欲裂,突然感到异常难过。门在这时被打开了,一个冒冒失失的女生探进来一颗脑袋,长着一张娃娃脸。

"啊,静安,你同学小芸来了。"女人像是抓住一根救命稻草,"妈妈还有些事,晚点儿再来看你。"

女人几乎是逃出去的,小芸在我床边坐下,朝我友善地笑,眼神却小心翼翼。我突然有种强烈的感觉,她是我解开谜团的关键。

我一把掐住她的手,劈头盖脸地问过去:"你认识青柠吗?"

她脸色煞白,睁大了眼睛,说不出话。

"快回答我!青柠在哪儿……"

"静安……"她被吓哭了,"你怎么啦?你没事吧……青柠是你以前的名字啊,你忘了吗?你后来改名了。"

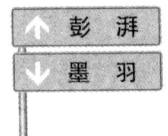

就凭小芸如此惊恐的眼神,我知道,事情绝对没这么简单……"小芸,谢谢你来看我,我想一个人静一静。"我松开抓住她的手,用较为柔和的语气对她说。

她紧张地看着我,眉头紧锁,几滴汗珠从她的额上沁出,她微微张开嘴,似有所语,但她只淡淡地说道:"静安,有些事真相并不重要……你好好养病吧。"她起身走出病房,那一瞬间,她的眼中并非淡

然，而是惶恐。我亲眼所见。

小芸想要告诉我什么，果真有事瞒着我，到底我陈静安怎么了……这流水般的问题困扰着我，我却不知如何将那散落的记忆连成线，顿时头痛欲裂。

渐渐地，在不知不觉中我昏睡过去，梦中，那个雨夜，电闪雷鸣，十字路口，血泊中躺着的尸体……一切清晰地呈现在眼前，可是，可是那具尸体分明是个女孩，那是……那是青柠。七月二日，青柠死了……

猛然间，我惊醒了，此时已是深夜，我突然间听到病房外有谈论声，貌似在说我，我要偷听，没错，我要知道这一切，我蹑手蹑脚地走到房门口……

"没事，这孩子拥有捐献者残留的记忆是正常的，况且，她算是刚刚得到生命。"应该是个医生，什么得到生命，搞什么啊？

"青柠看起来很痛苦啊。我怕她承受不了。"是那个女人的声音！青柠？那不是我的名字吗？好奇怪，她不是叫我陈静安吗？

"没事，相信我们。"医生宽慰道。

可我再也忍不住了，拉开房门，对着他们大吼："到底发生了什么，青柠是谁？"

医生和女人都被吓了一跳。过了一会儿，两人回过神来。女人突然间痛哭流涕，声嘶力竭地对着我吼叫："青柠！啊！……静安，妈妈对不起你啊。"说完便疯了似的跑开了。"医生，青柠是谁？陈静安是谁？我又是谁？医生，求求你告诉我。"头痛欲裂……

"孩子，如果你真想知道，这是你的自由，这封信会告诉你一切。"

言罢，医生从口袋里翻出了一张纸，独自走了，一边走一边不住地叹息。

我打开了那张被折叠的信。

亲爱的妈妈：

  青柠总问我：静安，你快乐吗？其实，妈妈，你是知道的，自从我得了这个不治之症，就一直不快乐，直到遇见了青柠，她的笑容如阳光，让我感到温暖，我又一点儿一点儿快乐起来了。没错，她是我最好的朋友，亲如姐妹，可她居然被车撞了。当时，我恰巧遇见，送她去了医院，打了电话。她家人不管她，我管，妈，我们家里有钱。医生说了，青柠其他方面没问题，只是心脏功能衰竭，我做了检查，医生居然说我们的心脏属性完全相同，可以互换。我病得已经没有多少时日了，我希望她能代替我继续微笑下去，快乐下去。对不起，妈妈，请您把她当作您的孩子吧，还有，一定要瞒住她，说她头部受伤，失忆了，如果她还记得我……就说我出车祸死了吧。不能让她愧疚啊。

不孝之女：陈静安
七月三日清晨

窗外又是夜雨，如泪的雨随雷鸣落下，滴在脸上、心上，狰狞的闪电凝固了空气，却撕开了天空，于是，瞬间，一切明了。

我是青柠，救我的女孩叫陈静安。我扶着墙壁走进病房，四肢无力地瘫倒在病床上，眼里全是泪水。原来你在为我悲伤，我这个笨蛋，这两天居然忘了照一下镜子，看看自己是谁……

"青柠，我很快乐。"

"青柠，我们永远在一起，永远是朋友。"

……

第二天清晨，雨停了，女人来了："青柠，你都知道了吧，我不是你的……"

"妈，早上好啊。"我打断了她的话，露出笑容。

她愣了一下,哭了,一下子抱住我:"我的孩子,青柠,你就是我的孩子!"

静安,你这个全世界最可恶的烂朋友,什么都不说就帮我安排了……

我的眼泪情不自禁地落了下来,滑落在妈妈的肩膀上。

窗外,已经天晴。我的朋友,你可安好?

> **作者点评:**
>
> 　　这是一篇非常不错的续写之作,在故事的前半部分就埋下很多伏笔,但伏笔是开放式的,有些线索甚至是无意义的,只为了增加悬念。作者对于故事细节的利用以及故事节奏的把握都非常成熟,巧妙地将一切做出合理解释,更难能可贵的是,她将文中的感情线索也衔接得很好,两个女孩都有血有肉,结尾处升华了主题,带上逝去之人的记忆和情感,坚强活下去,那一声"妈"给人无限希望又催人泪下。
>
> 　　　　　　　　　　　　　　　　　　　　　　——彭湃

朝夕

文 / 墨小芭　沈锁锁

认识你的人都知道，你的眉间有一块小指甲盖大小的疤，像一小片蒙着月光的鳞。

那块疤是卓飞用石子掷出来的。

梅花镇，细雨中，八岁的卓飞恶狠狠地冲你喊："花树，你这没人要的臭乞丐！"

他的恶言随着那颗棱角尖锐的小石子一起击中你的眉心，"砰"的一声，你下意识地伸手捂住眼睛。指缝间，你隔着热乎乎的血液看见卓飞呆立在那里，神色慌张而焦虑。

医生说，花树命大，眼珠子差一点点就不保了。

你的头上缠着厚厚的绷带，绷带里隐约透着红色，也不知道是药水还是血迹。卓飞的目光就直直地落在那片红色上，眼眶也染上深深的红。

你坐在病床上看着他，突然冲他展颜一笑，静静地摇了摇头，仿佛是说，你没事。

卓飞一怔，恶狠狠地扭头跑了出去。

你是卓飞的奶奶从田里捡来的孩子，秋天的梅花镇，田间稻香滚

墨小芭：80后作家，著有长篇小说《十二盛夏》《欢宴》等。深受广大青年读者喜爱。

滚，大雁齐飞。你就在一片金灿灿的麦地里蜷缩成一团，颤抖着咳嗽，已经神志不清。

老人家把你捡回去，心下琢磨，看你的穿着打扮，应该是城里有钱人家的孩子，脚上的一双小皮鞋是上等羊皮手工制作的，却不知怎么在这镇子的田野里昏迷着。

卓奶奶请了大夫来瞧你的病，你在发高烧，但并无大碍。她便亲手熬了米汤喂你喝。你大病初愈，大口喝着米汤的样子十分讨喜，像一只嗷嗷待哺的小动物，看似柔弱，却有着无限顽强的生命力。

老人家问你："孩子，你叫什么名字？来自哪里？经历了什么可怕的事？"

你歪着脑袋仔细地想了想，小声回答："我叫花树。"便没了下文。

镇上的人揣度，你大概是被人拐带了出来，但你人呆呆的，像半个傻子，这样的孩子怎么卖得出去？于是绑你的人便在半路上扔了你。

过了许多天你也没想起自己的家在哪里，老人家张贴了寻人启事也没有人来寻，日子久了，你就成了她家的小孙女。

爷爷过世后，奶奶便与卓飞一家分开居住，一个人守着老宅不愿离开，现在捡了你回来，抵消了她的好多孤独和寂寞。

卓飞和他的父母来看你，你虽然思维缓慢，讲话迟缓，却是一个漂亮可爱的好女孩。他们都喜欢你，镇上的人也都喜欢你。

可是卓飞不喜欢你。

事实上你也不知道卓飞对你是喜欢还是不喜欢。

他时常捉弄你，往你的手心里放一条巨大的毛毛虫，看你吓得瞪大眼睛就笑得满地打滚。这样看来，他并不喜欢你。

可他又把脆生生的果汁糖悄悄塞进你的口袋，附在你耳边警告：

"让别人发现,小心我打得你满地找牙!"这样看来,他似乎又并不讨厌你。

你想不明白,想不明白的事情你便不再费神去想。

墨小芭
沈锁锁

在医院的那几天,卓飞一下课就跑过来看你。你猜不透他在想些什么,他的表情看起来既别扭又奇怪。

听奶奶说,卓飞在学校可是品学兼优的好学生哩,对人很热情,大家都很喜欢他。可偏偏一回到家,在你面前他就好像变了个人。这又成了一件让你想不明白的事情,那就先不费神去想好了。

尽管有了伤疤这个小插曲,你还是欢欢喜喜地跟着卓叔叔和卓阿姨回了他们的家。看得出来,他们是真的很喜欢你,看你的眼神,都是宠溺。

那天,卓阿姨坐下来认认真真地跟你说:"花树,我们不知道你具体的出生日期,但你也到了该上学的年纪。昨天我去学校咨询过,校长说让你先参加一场考试,考完再决定你读哪个年级。"

那一刻,你很想告诉眼前这个善良的女人,其实你不但记得自己的生日,还知道自己今年已经十周岁。因为你的思维和反应总是比别人慢半拍,看起来有些笨笨的,如果你不说,别人永远看不出你比卓飞还大两岁。考完试,你和卓飞做了同班同学。

你的内心是雀跃的,可隐隐地还是有些担忧,因为卓飞对你的敌意还是那么明显,譬如他不愿和你一起去学校,譬如他回到家也很少和你说话。

你的出现,抢走了原本属于他一个人的爱。之前是奶奶,现在连

自己的父母也要分出一部分爱给你，他心里不抵触才怪。

慢半拍的你，想明白了这个问题后，决定以后要对卓飞好。何况你还是姐姐哩，虽然这个秘密只有你一个人知道。

没想到，却是卓飞先站起来维护你。

你的反应实在有些慢，老师每讲完一道题，你总是需要花上几分钟的时间梳理一遍才能想明白。你沮丧极了。

邻桌的小胖给你取了个绰号，叫"小呆瓜"，被卓飞知道后，他居然找小胖打了一架。

你对卓飞开始有点儿小膜拜，甚至有一点儿小小的依赖。

慢慢地，卓飞似乎也开始接受你是家庭一员这个事实，四口之家越来越融洽。

一转眼，你和卓飞上了初中，住寄宿学校。初二那年，卓飞迷上打网游。零花钱有限，你从牙缝里省下来的那一点儿钱也全都给了卓飞。可卓飞玩网游上瘾，不惜从卓阿姨那里偷了一笔钱，数目还很可观。卓家父母发现后非常生气，如果再让他们知道卓飞是为了打游戏而偷的钱，后果更不堪设想。你找到卓飞，和他商量，由你来替他认错，条件是卓飞必须戒掉网瘾。

你跟卓阿姨说拿钱是为了买套心仪已久的衣服时，他们原谅了你，可你分明感觉到有种东西在你和他们之间消失了。

你不知道自己的父母是怎么辗转找到了梅花镇。见到他们的那一瞬，你甚至有些恶毒地想：这俩人怎么还没离婚？

你的童年是灰色的。

父母先是忙着各自的事业，很少有时间管你，你自己一个人玩。一次严重的高烧后，你看起来有些傻傻的，反应总是比别人慢一些。

后来，等他们赚得盆满钵满，就开始有了无止境的争吵。你就是在父母的一次吵架中走丢，被人贩子带到这个小镇的。

奶奶对你无微不至的照顾，让尚显年幼的你感到从未有过的温暖，当他们问起你的身世时，你闭口不提。因为你发现，在这个小镇，你找到了梦想中的家的感觉。

可现在还是要回去了。

卓飞知道你要被接走的时候，几乎是哭着从学校跑回来的。他甚至跪下来认错，求卓家留下你。可是一切都已经晚了，卓叔已经答应你父母，从此你要回到城里。卓飞开始给你写信，他说他戒掉网瘾了，会考到城里来。他还说："花树，其实八岁那年我就喜欢你了，那时候喜欢一个人的方式真愚蠢，以为捉弄你就是最好的表达。"

你的眼睛湿润了，你开始想念那个叫梅花镇的地方，也想念那个叫卓飞的少年。

> **作者点评：**
>
> 很高兴这个故事有了一个不一样的结局，这个结局是单纯的、可爱的，细微的遗憾里更多的是未来的可能和希望。谢谢你的续写，我从未谋面的朋友。
>
> ——墨小芭

记忆的坐标

文/黄春华　午夜风暴

你有过脑袋被掏空的时候吗？我是说你十几年就像没活过一样，完全是一片空白。那时候，你整天想做的就是抓一些东西来把脑袋填满，像别人一样，想起自己幼稚可笑的童年。就算想不起那么遥远的事儿，起码能对前几天有记忆吧。妈妈说我的生日刚过不久，可我怎么也想不起哪一天是我的生日。

我的记忆是从睁开眼睛开始的。我发现自己躺在医院的病床上，旁边坐着一个女人，她自称是我的妈妈。我虽然不能肯定，但也没有理由怀疑她，因为一个月以后，她把我带回了家。进了家门，她就把我带进一间房，说是我的卧室。我看见书桌上摆着一个相框，里面是我和她的合影。这个应该假不了，我只好认了这个妈。

这都不算事儿，最让我纳闷儿的是，我出院的时候，护士追了出来，一头的汗。我以为自己不小心顺走了什么医疗器械，连忙摸自己的口袋。她也摸自己的口袋，然后递过来一张字条，说："给，这是你的。"

我接过来一看，就是一张从横条格作业本上撕下来的纸，上面写着"5-3"。我眉头皱成疙瘩，摇了摇头，说："不是我的。"

黄春华：儿童文学作家，获奖无数，多篇小说入选年度最值得推荐的儿童文学作品集，代表作有长篇小说《杨梅》《一滴泪珠掰两半》等。

护士抹了一下额头，说："你入医院后一直是你妈妈在照看，那天，你妈妈正好不在，进来了一个女人，在床前站了一会儿，就拿出这张字条，说等你醒了一定要交给你。我一忙，就差点儿忘了。"

"等我醒了是什么意思？她为什么不直接叫醒我？"

"你整整昏迷了一个星期。"

"我昏迷之前到底发生了什么？"

护士耸了耸肩，说："你被送进医院的时候，就是昏迷的，所以，之前的事，我什么也不知道。"

我觉得她的话有道理，只好放过她。可是，我怎么一点儿也想不起自己昏迷了一个星期呢？我用力拍了拍脑袋，恨不得钻个孔，伸个探测器进去，把那些记忆神经一根一根检查一遍。这当然是不可能的，但并没有白拍，我突然感觉自己特别清醒，思绪一条一条就像作业本上的线浮现在眼前。

作业本，对，我的记忆作业本呀，前面的全部被抹掉了，但眼前这一页非常清晰——就是我从昏迷中醒来的那一刻开始。肯定是谁做了手脚，消除了我的记忆。我一定要抓住凶手，找回我的记忆。

唯一的线索只有我妈了。我对世界上所有的人都没有了记忆，如果不是她硬要告诉我，她是我妈，硬把我带回家，那么，我连她也认不出来。

我开始仔细观察我妈，当然是秘密地，像侦探一样，不能让她觉察。我发现她对我是有戒备的，做什么事都是小心翼翼的。

比如喊我起床，她不会隔着房门大声喊叫，而是轻轻走到我床前，像是怕吵醒我似的，犹豫一会儿，再小声说："醒了吗？如果睡够了，就起床吧。"

比如我在书房望着窗外发呆，她已经做好了饭，碗筷都摆上了桌，却不急着叫我，而是轻轻走到我身后，跟我一起望着窗外，直到我感觉到她的呼吸，转过头来。

我整天都闷在家里，她也陪着我，哪儿都不去。我以为我这辈子就会在屋子里过完，终于有一天，她说："你的身体恢复得差不多了，也该上学去了。"

我本无心上学，又不好扫她的兴，就随便问了一句："我在哪个班级呀？"

"高一（3）班。"

我的脑袋瞬间一惊，像被闪电击中。但我要镇定，不能露出声色，就轻轻地点了点头。

妈妈问："你冷吗？"

我摇了摇头。

第二天，我背起书包就去了学校。

可是令人奇怪的是，学校里的老师和同学们都用一种很怪异的目光看着我，我很难准确形容他们的眼神，那就好像……好像是旅人长途跋涉后的疲惫感觉。

"生日快乐！萧宁！"一个扎着长长马尾辫的女孩冲我咧嘴笑道。

"生日快乐！"许多同学都站起来附和，脸上洋溢着微笑。

可我总觉得不对劲儿，似乎那笑容是刻意装出来的一样。然而出于礼貌，我还是回以微笑。

生日？我挠了挠头，记忆仿佛逆流而上的大马哈鱼，一点儿一点儿地跃出水面。我望向墙壁上的挂历，上面显示的是五月三号。

生日，五月三号，医院的字条，这些东西凑到一起的时候，我的大脑像是被一道闪电击中。

我叫萧宁，十六岁，读高一。今天，是我的生日。我的同学们给我庆祝生日，我们很开心，晚上一起去了歌吧唱歌。然后，然后我什么都不知道了。

这段记忆仿佛是被人强行插入的，突兀地独立在我的脑海中。前后没有任何记忆与之联系。我住在哪里，我父母是谁，这些在我的记忆中全是一片空白。

晚上回到家里，我妈在厨房做饭，隔着厚厚的玻璃门问我："今天在学校习惯吗？"

"还不错。"我含糊地说，把书包扔在沙发上，坐了下来，慢慢整理我的思路。忽然间，不经意地一抬头，我瞥见了电视机上的那个日历。

十月二十七日。

怎么回事？直觉让我感到这件事肯定有问题。我起身，眼神正好与从厨房里端汤出来的妈妈的目光相遇。四目相对，她觉察出了我的异样，又看了那个日历一眼，放下了汤，坐到了我的身边。

"你想问什么就问吧。"她的语气似乎一下子老了十岁。

"这是怎么回事？"

"你得病了。"

"什么？"我愕然。

"很严重的阿尔茨海默病，每隔一段时间记忆就会自动消除，除了你生日那天的记忆。但这次很严重，似乎连你生日那天的记忆都受到了损伤。"

"'这次'？"

"这是第八次了。"说完，她开始哽咽起来。

万万没想到是这种情况。

那天晚上，我躺在我妈妈的身边，听她是如何请求学校的老师和同学们将我生日当天的情形一遍又一遍地呈现给失忆后的我，听她是如何每天都活在那个永恒的五月三号，日复一日，年复一年。

我终于明白为什么学校里的老师和同学们会有那种表情，原来，真的是装的。

我不敢想象我妈妈所经历的这种感觉和体验：一边是时间照常流淌的生活，另一边是被时间定格的儿子。活在这样一种交织错乱的时间里，对任何人，都是一种折磨。

我流着泪，握紧了她的手，声音嘶哑："妈，明天早上我想吃豆浆和油条。我会把这一切都写在日记本上，万一我又失忆了，我看了日记本，就会想起来。"

她也流泪了，沉默着。

第二天早上，光，刺醒了我。我起身，竟不知道我在哪里。走到一个很熟悉的书桌前，上面有一个摊开的日记本，里面的笔迹似乎很熟悉。

"我叫萧宁，我妈妈叫吴丽。我十六岁了，患有失忆症，会忘记所有的事情。但我不会忘记，我爱她。"

门外走进来一个人，提着热乎的豆浆和油条，看着我茫然的眼神，眼里有什么东西一点儿一点儿地塌了下去。过了一会儿，她转身走了出去。

我突然觉得心里好痛，好痛。

> **作者点评:**
>
> 这个续写真的很不错。首先，完好地保持了开头的风格，语言的感觉是一致的，就像是一个人写下来的。其次，对"5-3"的解读也有独到之处，生日成了"我"唯一可以记忆的节点。这种伤感很能打动人。再就是班级同学集体假装给"我"过生日，其实是为了留住"我"的记忆，一瞬间，把温暖传递出来了。但是，还有一个悬念没有解开——医院那个写字条的神秘女人是谁呢？若能再写清楚这一点，将是完美的续写了。
>
> ——黄春华

蜡梅街初雪

文/凌霜降 青衫磊落

【1】

眼睛做完手术出院后的第三天，苏良辰仍然没有完全适应戴着眼罩的生活。但是，爸妈都迫不得已地突然双双出差了。

放学后，居然下起了小雪。这是桐城今年的初雪。

苏良辰深深地呼吸了一口初雪的气息，为自己露出了一个微笑。从校门口上了公交车，坐到蜡梅街站下就行了，她自己也能行的。

雪似乎下得很密。苏良辰伸出一只手，接了几朵雪花。雪花很细，带着温柔的气息。看了十五年的雪花，苏良辰第一次只能用想象，去"看"雪花的样子。屋檐上，挂上冰凌了吗？街边的法桐树上，有积雪了吗？苏良辰把接到的雪花放到鼻子下闻了闻，是的，桐城的雪，就是这样清冽，带着城市的气息。

上公交车的时候，她差点儿就在马路上摔个四脚朝天，幸好，不知道是哪个好心的人拉了她一把，在他的帮助下，苏良辰才算安全上了公交车。

到蜡梅街站下公交车的时候，还是那个人，又扶了苏良辰一把。苏良辰说了句"谢谢"，但是对方仍然沉默。

凌霜降：2007年被新浪文化评为"十大女性情感作家之首"。其人被各大媒体称为"最有才情的时尚女作家"。

苏良辰走了几步后,发现身后那个人仍然跟着自己。苏良辰不能确定那人是善意想送自己到家,还是另有所图。近日一些少女遇害的新闻在苏良辰的脑海里一闪而过,苏良辰顿时害怕起来。好在,不过十来米,就拐入蜡梅街了。

【2】

苏良辰的家,就在桐城这条独一无二的蜡梅街的尽头,蜡梅街是整个桐城唯一的青石板巷子,因为有文物价值,才没有消失在新兴的水泥森林城市中。

不怕,不怕。苏良辰安慰着自己,尽量加快脚步往前走。蜡梅街的路口两边都有商店,商店里的人也都认识苏良辰。所以,苏良辰想,只要到了蜡梅街的街口,就好了。

刚拐入蜡梅街的青石板巷子,苏良辰就差点儿被一台放在盲道上的电动机绊了一跤。幸运的是,跟在她身后的那个人,再一次适时伸出了手,扶住了苏良辰。

苏良辰停住了脚步,转过身,对着那个人的方向说了一声"谢谢"。对方仍然没有出声。苏良辰只得继续往前走。

进入蜡梅街后,她真的就没那么害怕了。她能准确地找到自己家,因为在苏良辰家的门口,一株蜡梅街里唯一存活的古蜡梅,正是怒放时。苏良辰只要循着蜡梅的香气,就能准确地回到家。

但身后那个人,为什么还一直跟着她呢?苏良辰浑身的感官顿时无比敏锐起来,她努力地使用除了视觉之外的所有感觉来判断对方的身份。大约因为这场初雪,巷子里很冷清。所以,背后那人轻微的脚步声,极清晰地落入了她的耳中。

【3】

一阵带着雪花的微风从身后吹来，空气里又隐隐飘来成熟的小麦晒在阳光下的味道。那气味，苏良辰班上很多男孩都有。于是，苏良辰断定，跟在她身后的，应该是个男孩，大约，年纪也与她差不多吧。

但是，他为什么不说话？她对他说了两次"谢谢"，不是吗？出于礼貌，他应该回一句什么吧？

苏良辰不由自主地加快了脚步。令她更不安的是，跟在她身后的脚步声也加快了。

害怕忽然像潮水一般涌入了苏良辰的身体，她开始跑。可是，她现在是个盲人。所以，没跑两步，"扑通"一下，她摔倒了。

大抵是因为看不见，连摔倒在地的姿势都是没有防备的狼狈。苏良辰觉得自己的两个膝盖钻心地痛，不禁在心里咒骂了一句。

一直跟在她身后的"男孩"跑过来，他扶起苏良辰。一只手搭在她的彩虹拐杖上，带着浓重的鼻音，瓮声瓮气地说："我带你走吧。"

苏良辰不禁有些失笑，他的声音真不好听。是因为自卑于自己的声音不好听，所以才不说话的吗？

成熟的小麦晒在阳光下的味道，就在彩虹拐杖的另一端，慢慢地浓烈起来了。那味道在冷冽的初雪气味里，暖暖地在蜡梅街里散去。苏良辰家门口的蜡梅香渐浓，脚步停下的时候，蜡梅的清香几乎完全盖住了阳光小麦的味道。

苏良辰知道，自己到家了。

【4】

他没有追过来,苏良辰心里安稳了不少。

回到家,她打开了所有的灯。虽然看不见,但她知道这些灯是开着的,这种感觉让她安稳了许多。她打开了MP3(数码音乐播放器),任音乐在空气里流淌。就那样躺着,不知道过了多久,她才发觉肚子饿了。

苏良辰摸索着下楼,在巷口的小吃店,要了一份米线。老板娘很热情,与苏良辰早已熟络,问她什么时候可以拆下包扎,什么时候可以恢复视力。苏良辰微笑着作答了,虽然别人只是随便地问了几句,但这几句已经让苏良辰觉得温暖。对方递给她米线的时候,还嘱咐她别烫着。

就在这时候,那个男孩又一次出现了,按住了她的手,递给了小吃店老板娘饭钱。苏良辰有些慌张,着急地喊:"你到底是谁?为什么一直跟着我?"那男孩一把握住了她的手,依旧没有说话。苏良辰匆忙推开他,慌乱中,那碗米线全部洒在了地上。

苏良辰拔腿就跑,幸好道路熟识。她听到老板娘在喊:"姑娘,小心一点儿啊!"苏良辰没有理会,她只想摆脱那个男孩。

那晚,苏良辰没有吃东西,尽管肚子饿得咕咕叫,但是她已经没有勇气再打开门走到巷子里去了。

夜,静谧得近乎深沉。她不喜欢这种安静。远远地,似乎有飞机起飞降落的声音。不应该啊,她的家离机场很远,是不可能听见的。她想可能是想念爸爸妈妈了。对他们有依恋吗?似乎是有的,诚然,父母对她的付出是很多的,但是陪伴她的时间真的很少。小时候,父

母是她在小伙伴当中炫耀的资本。

那时候，父母白手起家，成立公司，挣的钱让巷子里其他孩子的家人眼红。

他们还不知道PSP（掌上游戏机）为何物时，苏良辰已经拿着苹果平板电脑玩开了。他们还只能去郊区公园玩的时候，苏良辰已经去香港、台湾转了好几圈，筹划着去欧洲。这都是钱带来的骄傲，然而除此之外，似乎什么都没有了。

随着公司逐渐做大，父母陪伴她的时间越来越少了。就像这一次，换成其他家庭，应该不会这样吧。虽然她对父母摆摆手，让他们放心走，但是他们离开的那一刻，只留下一屋子清冷的空气给自己的时候，她真的有些伤感。

她记得有一次，爸爸妈妈首次携手外出谈生意，问她怕不怕。苏良辰有些犹豫，但她不想让父母发现，她觉得那样会让父母不安的。其实还有其他的原因，是怕父母觉得自己太"LOW（没用）"了吗？也许是，她不想让别人看到软弱的自己，哪怕是父母。

第一次，父母离开，她去商店里买了一只玩具熊，很大的一只，足足有一米多高。就让它陪着自己吧。那一天的夜里，她抱着熊睡着了。如今那只熊去哪儿了？她疑惑，不知道什么时候已经丢弃了吧，十八岁了，总不能整天抱着一只熊，多不好。

那男孩会是那只熊吗，回来陪伴自己的？她疑惑地想，转眼自嘲地笑了，怎么会，看童话看多了吧？你以为身边真的会有哆啦A梦……

接着几天，那个男孩一直都出现。起先，苏良辰是害怕的，后来渐渐地习以为常了。他似乎真的不是坏人，那管他呢，有个人陪在身边总不是坏事儿。她依旧每天去买一份米线作为晚餐，那个男孩每次都帮她付账。

只是那个男孩从来没有走进过她的家,这点让她很安心。

数日后,她的眼睛可以拆纱布了。第一缕光线传到她的眼睛当中时,她有一些恍惚,似乎一切变得陌生了。那个男孩会出现吗?还会出现在公交车上,会出现在巷子里或者小吃店吗?

她有些迫不及待,几乎第一时间沿着每日走的路重新走过,但男孩没有出现。她直走到那家小吃店。小吃店老板娘很热情:"哟,眼睛好啦?"她微笑地点了点头,同时,注意着自己的身后,那个男孩会出现吗?

小吃店老板娘做好了米线递给她:"拿好哦。"她递过钱,微笑地接了过来,很失望,那个男孩没有出现。她黯然地离开了。就在这个时候,老板娘叫住了她:"姑娘,你这几天的米线钱还没给我呢。"

她愣住了,就在那一刻起,她突然明白了什么。

是的,那个男孩从来没有出现过,她是一个人度过了这段黑色时光。只是在最无助的时候,自己幻想着有一个男孩陪伴着自己……

天空什么时候飘起了雪花,蜡梅街的雪坚强地在风中飞舞,却下得那样无助。

作者点评:

很佩服续写作者的脑洞大开,将我的故事续写得如此完整,从续写当中可以看出,这篇文章是一个成长文,和我最初的想法是背离的,但这样的结局看起来也很协调哦,给了这个故事当中的疑惑一个非常完整而顺理成章的解释,很棒!

——凌霄降

时光摩天轮

文/张芸欣 刘亚艳

去稻城的那个初秋,天空下了一点儿小雨。闪电落在风中,穿过云层,像是要把天幕撕开一道口子。

稻城并不是位于亚丁的那座高原,它只是江南的某个如烟小城,这两年才改的名字,不是出名的旅游景点,小得在地图上几乎找不到它的位置,并没有多少人知晓。

李蜜知道这个地方,是在一个叫"走游"的旅游网站上,她本来只是随便逛逛,却被右下角弹出来的对话框吸引了眼球。

江南稻城——回到过去的摩天轮。

回到过去。这几个字像是有某种巨大的吸引力,让长期深陷困惑的李蜜有了一种说不清道不明的兴奋。

她看着躺在病床上已经整整三个月的未婚夫肯加,他的面容俊朗无比,长长的睫毛、微微闭起的双眼,就像睡着的安琪儿。

如果不是因为躺在医院,没有人相信肯加是一个不会说话的植物人。

肯加是在他们结婚前三天出的车祸,在他出车祸前,他们还一起讨论要去哪里度蜜月,她想去爱琴海,可是他想去撒哈拉或者埃及。

张芸欣:80后作家,青春言情的织梦人,代表作有《月光漫过珍珠夏》《你来自彩虹天堂》等。

李蜜喜欢浪漫,而肯加向往神秘。为这件事他们争执了很久,几乎闹到不可开交的地步,最后还是她的闺密赵晓出面说服了肯加。

肯加和赵晓都是她的大学同学,开始她从未想过肯加会来追她。肯加是学校生物系教授的外孙,打一手好网球,长得英俊潇洒,每次考试都是全系第一。天之骄子莫过于此。

而李蜜只是大学里的女同学中最普通的一个,长直的黑发,喜欢穿素白的长裙,在人群里默不作声,无论别人说什么她都是恬静地微笑。

所以,当赵晓告诉李蜜肯加喜欢她的时候,她还是非常吃惊的,肯加啊,那是让半个海大女同学都疯狂的运动才子,怎么可能会喜欢自己呢?

可是当肯加端着李蜜最爱吃的红豆冰在她的宿舍楼下跟她表白的时候,她终于相信传言的真实。爱情来得就是这么简单,他们恋爱、毕业、工作、谈婚论嫁。事情进行得非常顺遂,顺遂到李蜜常常觉得老天对她是眷顾和疼爱的。

如果肯加没有出车祸,如果不是在车祸现场有人拍到肯加紧紧握着赵晓的手,她会一直相信自己是这世界上最幸福的女人。

他们出车祸的地方是加塞的一个公路口,那个方向是去往亚城的。车上放了两个人的行李和包,东西很齐全,像是两个人商量好了要去私奔。

李蜜周围的人都觉得唏嘘,在背后纷纷揣度发生了什么事,包括李蜜自己。她很想知道赵晓和肯加一起要去哪里,他们是不是背叛了自己?为什么一声不吭地就离开,可是赵晓在车祸中丧生,而肯加成了植物人。

这件事成了一个巨大的谜,每天夜里李蜜都在这个谜团里睡着,梦到肯加,梦到赵晓,她不停地追着他们,却怎么也追不到。

就在这个时候,她看到了来自"走游"的对稻城摩天轮的介绍。

内容很简单:每个月的十七号凌晨两点半的时候到达摩天轮的最高点,就能回到过去。

很多人留言说这是为了宣传所做的广告,哪个傻子会相信这些话。

可是李蜜相信。

人在最绝望的时候,哪怕只有一根稻草都要牢牢抓住,哪怕只是一个无稽的传说。

火车开了八个小时,终于在夜里到达稻城,这是一座人迹罕至的小城,火车站年久破落,空气里散发着一股说不出的霉味。

李蜜拦了辆车,司机问:"去哪儿?"

"摩天轮。"

"居然还有人敢来坐这个摩天轮,你也算胆子大了。"司机阴森森地笑着,让人毛骨悚然。

李蜜望了望车窗外,远远地就能看到那座闪着灯的摩天轮,二十四小时开启的摩天轮璀璨七彩,灯光迷离,在这个黑幕下像是要把人迷得睁不开眼。

下了车,那一节一节由五颜六色的小箱体组合成的七彩摩天轮赫然矗立在眼前,空中还在下着小雨,落在摩天轮上,顺着边缘淌下透明的水滴。

突然——城楼的钟声响了,几只白鸽扑棱棱飞起,李蜜看了看时间,离两点半还有十五分钟。她一抬头,一时之间,彩色的摩天轮变成了滔天的血红。那落在摩天轮上的雨水仿佛身体上流下的血。周围漆黑一片,路边没有一个人,风呼呼地吹,几乎要把李蜜手里的雨伞掀翻。

有一个声音慢悠悠地传来:"你还上不上去?"

她转过头,看到那个声音的主人此刻正穿着一件大红色的雨衣,露出一截苍白而枯瘦的手,帮她打开一节车厢的车门。

李蜜对上她的脸,那是一张画着油彩鬼脸的脸庞,脸上的皱纹伴随着她的嘴唇微微抖动,大片大片的雨落在她的身上,映出她猩红的令人骇然的眼,她幽幽地说道:"再不上去,可就来不及了。"

李蜜紧紧地抓着背包,握紧了手,一头钻进了那节泛着重重油彩的红色摩天轮车厢中……

"你想回到哪段时光?"

"三个月前,我只想回到三个月前。"李蜜一脸迫切。

"咣当"一声,车门关上,随着轰隆隆的响声,摩天轮开始飞转起来。李蜜只觉眼前黑乎乎一片,什么也看不清,头也开始发晕。不知过了多久,就听见一声低沉的叫声:"到了!"

车门打开,李蜜从摩天轮上走下来,抬眼四下望着,弄不清这是到了哪里,似曾相识,却又陌生。

李蜜眼前突然一亮。

肯加?那不是肯加吗?!她疾步向那个人走去,嘴里高声喊着:"肯加!我是李蜜,等等我……"

可是,肯加好像根本就听不到李蜜的声音,他们之间好像隔着什么东西一样,李蜜怎么也走不到肯加的近前,李蜜心里焦急万分,没有办法,只好默默尾随。

走着走着,好像来到一个湖边,李蜜远远就看见有一群人比比画画在议论什么,肯加走到人群边,询问了些什么,然后拨开人群,跳

进湖里,很快,肯加从湖里拉出一个女人。

肯加为女人做人工呼吸,女人慢慢睁开眼睛,醒了过来。

啊!李蜜心里一惊,那个女人竟然是赵晓!

"赵晓,你为什么要这样?发生了什么事情?"

赵晓双目微微睁开,望着对她焦急喊叫的肯加,两行热泪流了下来。

"肯加,你不该救我,让我去死吧,死了一切就都解脱了!"赵晓抽泣起来。

"赵晓,相信我,再难的事儿,也不会比死更可怕,我们一起来解决好吗?"

"肯加,我那个可憎的后母指使我的父亲,要把我嫁给我们亚城那个富商的儿子,他儿子是当地有名的无赖,脸上还有一条令人恐惧的刀疤。我说我已经有了男朋友,而且怀了他的孩子。父亲说那就把男朋友带回来让他们瞧瞧,如果是真的,就不为难我了,可是,我万万没有想到,我男朋友说他现在已经有了新的女朋友。肯加,家里逼我嫁给无赖,唯一能解救我的男友又弃我而去,我还有什么脸活下去,只有死路一条。"赵晓说完,又伤心地哭泣起来。

肯加沉默了,他望着赵晓,蹙着眉头思索了一会儿。

"赵晓,你看这样行不行,我假扮你的男友陪你回家一趟,让你暂时躲过这一劫。"

赵晓感激地望着肯加,满眼的热泪,已经说不出话来。

他俩匆匆往回走去,李蜜飘悠悠地尾随其后。

两个人很快打点完行囊来到加塞的一个公路口。

两个人上车开出还不到一百米,就撞到了迎面开来的一辆大油罐车上,相撞的那一刻,李蜜清楚地看到,赵晓的手紧紧地拉住了肯加的手……

李蜜吓傻了，她呼喊着，发疯般地向车子跑去……

扑通一声，李蜜从床上掉到了地上。

李蜜用毛巾抹着被噩梦惊出的一头冷汗，好半天，才从地上爬起来。

这是稻城的一家小客栈，天已经放亮，秋日的雨后，有些凉意。呆立在窗前，李蜜感到有些失落，突然间对摩天轮没有了兴致。

返回来的时候，已是午后，望着肯加，想着梦境，李蜜情不自禁俯下身，一只手握着肯加的手，另一只手轻轻抚摸肯加的额头。

"肯加，我知道你是爱我的，你不会背叛我对吗？"

突然，李蜜感觉肯加的手动了一下，她心头一震，细细观察肯加的手，真的又动了一下，李蜜惊喜地望着肯加。

"肯加——"

一滴热泪，竟从肯加的眼角爬出来……

> **作者点评：**
>
> 续写的情节除了后母逼婚那里有点儿老土，其余的都相当不错，也与之前的故事衔接恰当，几乎把整个事情的脉络都续写到位了，在文笔上也颇行云流水，可圈可点。
>
> ——张芳欣

绯色街角

甲甲瘦身家园

文 / 陈麒凌 秋小闲

午饭时间,高岗站在大厦门口,有三三两两的男女陆续出来,他极目寻着,目标还没出现。

突然,一个女孩火球般地窜出来,连跑带撞,频频碰人,也不回头,急汹汹地冲到高岗面前,低着脑袋撞了下他的胸口,嘴里嚷嚷着:"减肥!死也要减肥!"

高岗揉揉胸口,哭笑不得地看着她,小巧丰润的身材,辣子般火艳的衣裙,嘟起来的嘴,像个小花骨朵儿:"眉眉,去哪里吃饭啊?"

"你没听到我的话吗?我死也要减肥,还吃什么饭!"

高岗见怪不怪:"那也要再吃一顿誓师宴吧,吃完咱们再减。"

柳眉犹自唠叨:"气死我了,你知道那个吴萱萱叫我什么?她叫我柳——肥!气死我了!"

高岗一边"嗯嗯"地听着,一边拉过她的手,朝路西的美味老家走去。

记不清这是第几次说要减肥了,跑步、吃药、节食、纤体,还有什么独门的瘦身汤、针灸、香熏,甚至瑜伽,高岗都陪柳眉试过,当

陈麒凌:联合报文学奖首奖得主,台湾出版大亨平鑫涛盛赞其作品为"十年来最好看的小说",作品由琼瑶影视集团搬上荧幕。

然都不了了之,她缺乏耐性,而且最重要的,她视吃如命,面对美食,毫无抵抗能力。

减什么肥呢?

高岗斜眼看她,饱满有光泽,像一颗圆润的糖果,香、甜、鲜艳、醇厚!

哪里都刚刚好,一点儿也不肥,他就是喜欢这样的她。

可惜柳眉不这样想。

吃了饭,高岗被老板急召回店,她一个人就这么一路地逛回来。誓师宴的饱餐把胃撑起来了,沉沉的,有堕落感,有罪恶感,感觉浑身上下都是多余的脂肪,笨笨的,滞滞的,尤其是看见橱窗里张贴着瘦出锁骨的美女海报,细削的手脚,精明利索的骨骼。

"小姐,进来坐坐好吗?"一个女子友善的声音。

"哦?"柳眉回过神儿,才想到看这店的招牌——甲甲瘦身家园。

那身穿浅紫套装的女子再次殷勤地唤她:"小姐,进来看看,也许可以帮你。"

柳眉本能地恼火道:"你的意思就是说我长得肥嘛!"

对方有点儿尴尬,这时里面又走出一个中年女人,纤长优雅,她微笑着,胸有成竹。

"小姐,肥和瘦都可以漂亮,我们的意思是,也许您偶尔试一下瘦身,会发现自己另外一种漂亮,就是说,换换形象,就好像换个发型一样,对吗?"

这话叫人没的发脾气,似有一股魔力般,柳眉乖乖地跟她进去。

只不过是一间再寻常不过的美容院,陈列架上的大小瓶子,以及沙发、灯光、音乐,这些柳眉熟悉得很,多少次,她满怀着改天换地的热望,进来,坐下,掏钱,任人摆布,来来往往,然后疲倦、失望、放弃，再来一次——她不由得打了个哈欠。

"怎么，兴趣不大吗？"中年女人问。

"呵呵，我没什么信心。"

"嗯？"

"我这人特爱吃，懒惰，而且没有恒心，不瞒你说，市面上凡有过的减肥法我都试过了，没用，所以，谢谢你们，我还是——"

"我保证你没试过这一种。"中年女人飞快地打断她。

"我做不到节食，也不想吃什么营养配餐。"

"你完全可以百无禁忌，大吃特吃。"

"我不想吃什么药丸。"

"绝对不用服药。"

"我不想人虽瘦下来，但挨得面青青。"

"保证你的脸蛋像红苹果。"

"我受不了周期太长，像半年啊一年的。"

"三个月怎样？"

"能减多少斤？"

"你现在体重多少呢？"

柳眉迟疑了一下，小声说："一百一十二斤，吃饱了称的，昨天。"

"那么，最少减去二十斤，怎样？"

"不反弹？"

"绝不，只怕到时太瘦，你会后悔。"

"绝不后悔！我想瘦都想疯了！"柳眉兴奋地大叫，"要不要签合同！"

"那是一定的。"中年女人颔首道，"但是，你要依我的话去做，如果你没做到，影响了效果，责任在你。"

"要做什么啊——"柳眉有点儿紧张。

中年女人笑道:"你放心,非常容易,你要做的只是,每周一下午和我谈一个小时,我给你建议,你遵守。"

"怎么像心理医生?"

"对,我们的瘦身法是从情绪入手,这才是根本。"

柳眉瞪着她,听不明白。

中年女人说:"如果你不相信,我们可以等到见了效果之后再收钱,现在,你只要交五十元定金。"

柳眉似懂非懂,眼看上班时间就到了,她来不及多问,先交了定金,而合同早已送到眼前,柳眉大致看了看,跟上面说的不差分毫,就爽快地签了字。

中年女人把她送到门口,送上一张名片,只有名字——郑倩。

"叫我倩姐好了,记得,下周一下午三点,等你。"

柳眉点头说好。

高岗向来宠溺柳眉,见她如此期待,就由着她了。

周一,柳眉如约而至,上次唤她的店员领着她进了一间小房间后便去请郑倩。

柳眉坐下打量着这间房,一张床,一张琉璃圆桌,两把小藤椅,桌上一个花瓶里插着薰衣草,墙上的橱窗里摆着些精致的香水、精油之类的小瓶子,并无奇特之处。不多久,郑倩饶有风情地走了进来,微笑着坐到柳眉对面。

"倩姐,不是要给我做心理减肥吗?难道还要做推精油?"柳眉用下巴（如果那与脖子无明显界线的肥肉还能叫下巴的话）指了指橱窗里的精油。

郑倩神秘地笑了笑："等下你就知道了。"说罢，从桌上的花瓶里拿出一个小型遥控器，并按下按钮，右边墙壁竟转了过来，那里也放了些精致的小瓶子。

柳眉一愣，詹姆士·邦德的场景？

郑倩从那儿拿出一个小瓶子，将里面的东西倒入一只小香熏炉，点燃，放在柳眉面前，开口道："我要做的是利用这个香熏催眠你，使你进入类似盗梦空间的场景来影响你的心理。"

柳眉虽心生疑虑，但也觉得新奇，于是按郑倩的要求躺到床上去。柳眉闻着香熏，在郑倩魅惑的声音催眠下渐渐睡去。半个钟头后，柳眉大汗淋漓地从梦中醒来，喘着粗气。

她惊恐地望着郑倩："倩姐，这是……怎么回事？"

郑倩握住柳眉的手，一边给她擦汗，一边说道："你在梦中见到的正是你最不愿面对的悲伤或者恐惧。然而悲伤、恐惧都能影响一个人的心理，从而使她消瘦。"

柳眉怔怔地说道："悲伤？影响？那所谓'为伊消得人憔悴'就是失恋能减肥？"

郑倩掩嘴一笑："也有失恋暴肥的，不过差不多就是这么个意思了。"

郑倩告诉柳眉，把香熏炉拿回去，一周使用三次，还叮嘱她每周一来找她。"每周一你来这儿填测试表，根据情况为你做心理调整，如果你有不适，也可以要求终止减肥计划。"

柳眉点头说："好。"

一周后，柳眉瘦了三斤。

一个月后，柳眉大概瘦了十斤。只是高岗觉得，柳眉看他的眼神怪怪的。而且整个人悲戚了许多。

高岗想起从前柳眉俏皮又语带霸气地说："借用港片台词，做人最重要的就是开心啦。所以，如果减肥不能使我快乐我就不减。我要开心地减肥。"高岗叹了口气，说道："虽然你瘦了，可你不开心，不然咱不减了，好吗？"

柳眉不理会高岗。到了甲甲瘦身家园，柳眉却哭了起来。郑倩问她是否放弃减肥计划。柳眉看着镜子里略显清瘦、楚楚可人的脸，像自己这样的胖妹子是潜力股，瘦下来就是美人，她决定还是继续。

柳眉越来越瘦，精神却恍恍惚惚。某日，柳眉从甲甲瘦身家园回到家，发现有一对裸身男女，竟是高岗和甲甲瘦身家园里穿浅紫套装的那个女店员！怪不得高岗最近和自己吵得很凶，且形迹可疑，电话什么的躲躲闪闪，但他为什么不和自己分手？柳眉是富家小姐，追高岗的时候曾为自己和高岗各买了份巨额人身保险。这时，一个念头"刺啦"进入柳眉脑海，之前她总觉得房子里有些怪事发生，高岗说她疑神疑鬼，难道，减肥，催眠，怪异之事都是高岗与她们合谋？柳眉思绪千回百转，悲愤交加，气晕了过去。

翌日，柳眉醒来，发现高岗跟没事人一样喝着早茶，看到柳眉便招呼她过去。柳眉想起昨晚的事，气得浑身颤抖，拿起水果刀向高岗挥去。高岗大惊。柳眉已然失去理智，边骂边乱挥刀，突然，高岗上前，柳眉一慌，将刀刺入高岗的腹部，她自己被高岗推向沙发，却又看到高岗被墙上的挂钟砸到而摔倒在地，他宁愿被刺也不愿她受一点儿伤……

高岗住了院，而柳眉经医生治疗后发现，以前的种种，包括高岗出轨不过是自己无法分清的梦境，也发现高岗是真的爱她。她最不愿面对的悲伤就是高岗因为她的胖不会真的爱她，所以才会梦到高岗出轨。原本她胖却假装很自信，心里却是很自卑很不自信的，不然也不会既不踏实减肥却又跑去甲甲瘦身家园了。

高岗醒后得知前因后果,百般安慰柳眉。柳眉更是心情复杂,不禁掩面而泣。

至于甲甲瘦身家园,听说因为造成多名女子抑郁而被取缔,另一说是没有被取缔,更多减肥者蜂拥而至……

> **作者点评:**
>
> 　　一个神奇的故事,续写作者的想象力非常丰富,将开头的故事抽丝剥茧般地解释清楚了。不过,原先我倒是想写一个温馨的故事,作者却用了另一种方式完成了这个故事。这也许就是这个栏目的魅力吧,每个人都有不一样的设定,每个人都可以安排不一样的完结方式。问好读者。
>
> 　　　　　　　　　　　　　　　　　　　　——陈麟凌

夹页中的枯蔷薇

文 / 橘文泠　Player

现在是下午四点五十分,到了五点图书馆就该闭馆了。杜苓收起刚还回来的几本书,向馆区深处走去。

最后一本书的位置在架子的最高层,她爬上扶梯踮起脚才勉强够到,放好了书正要下去,却发现在这个架子与墙的缝隙间夹着一本书。这肯定是谁放的时候不小心,往里推得太多才会掉下去。

"真是的,也不知道捡一下……"小声抱怨着,杜苓赶紧跳下扶梯,顾不上缝隙里的灰尘,伸长手臂去捡那本书。

书很厚,在缝隙中卡得有点儿紧,颇费了她一番力气才拉出来,所幸除了封面上的折痕之外似乎毫发无损。

她不放心,从头翻看确认有无损伤,却发现书中有一张对折的纸,里头夹着一朵干枯的蔷薇花,纸上还写着寥寥数语。

"啊!"她扫了一眼,却惊得把书摔到地上。

给杜苓:

今天下午十七时十分老地方见。

背靠着墙,她大口喘气,瞪着纸上遒劲有力的笔迹——那张纸从书里掉了出来,摊开在一边,蔷薇花横在上面,枯黄的花瓣上只剩了

橘文泠:生于江南,却有北方人的性情,长篇代表作有《猫的诱惑》《帝妃之锦绣宏图》等。

一点儿残红还在暗示昔日的鲜艳丽色，显然已经在书中夹了很长一段时间。

对，很长时间……看这张纸的边缘都泛黄了，还有那句话，是繁体字？

她像溺水的人抓住救命稻草一样抓住这些细节，然后迅速做出一个全新的判断，这张纸一定是很多年前就由某人夹进书里的——这所大学有百多年的历史，图书馆也建了几十年，会有这种私人的物品遗留一点儿也不奇怪。

对，一定是这样。

再次做了一个深呼吸，她鼓起勇气捡起书和那张纸，又仔细看了一遍。

然后失声笑了出来。

原来那开头的三个字是这样的：给杜芩

她多看了一点。

"哈——"杜芩掩着嘴低声笑，可笑着笑着便出不了声了，酸涩的感觉涌上了心头。

其实她并没有害怕，只是太惊讶了，可到头来发现是误会一场，松了口气的同时却还是感到一丝失望。

真是够了……用力地甩甩头，她自嘲地笑了笑，事到如今，她还能期望什么，谁还会给她留言？

将花与纸又夹回书中，她看了看书名，只知道似乎是德文，这种书除了德语专业的师生，很少有其他人会借阅，就让它继续静静地放在这里好了。

或许有一天，那个杜芩还会看到这条留言。

将书归到了小语种读物书架，她返回工作区，收拾起自己的东西，关灯，离开。

关门的时候钥匙转得有些不顺，折腾了好一阵才锁上。

转过身，她吓了一跳。

有个人站在十几步开外，这个点室内光线不好，她看不清对方的样子。"谁啊？"她问道。

阴影里的事物总让人有点儿恐惧，不论是人或者其他。

"还好没迟到……时间刚好。"那个人开口说话了，有点儿低沉的男声，然后他走近了一些，隐约可见柔和的面目。

陌生人。

可他的语气好像他们熟识已久："我给你留的字条你看到了吗，小杜？"

她张口结舌地看着他，下一刻，眼角的余光瞥见了墙上的挂钟——

十七时，十分。

面对这位穿着厚厚盔甲的男子，杜苓把书包抱在胸口小心翼翼地问道："你是在拍电影吗？这么热的天你这样不热吗？"

杜苓边说着边往校园里面走，她能听出自己的声音在颤抖。只听陌生男子说："你有水吗？我急着赶路，已经三天滴水未进，现在渴得很。"杜苓抬头看了一下这个陌生男子，只见他脸色苍白，像是经历了一番苦旅。

"我是青尚，你真的不记得我了吗？"

杜苓有些茫然："青尚，很复古的名字，可是我真的不认识你呀！"杜苓递给他绿豆沙，男子却不来接，杜苓看到他紧蹙的眉头，突然心里一惊,这个表情,她似曾相识。她下意识地喊了一句"青尚",男子闻声却轰然倒地,杜苓听到他说:"蔷薇,你终于记起我了。"

杜苓打开图书馆的门,把他拖进去。在图书馆空旷的大厅里,杜苓解开他的盔甲,仔细观察着这个男子。

正在此时,杜苓不经意地看到他脖子后面的文身图案——一朵复杂的蔷薇花蕾!

青尚的脸色越来越苍白,而那朵蔷薇花蕾却慢慢绽放在杜苓面前,杜苓使劲儿拧了一下自己,一定是在做梦!

一阵敲门声响起,杜苓起身准备去开门,却被青尚拉住:"不要,他们会把我掳去,没有你的蔷薇城是一座死城,我好不容易才闯出来与你会合。"

杜苓起身开门,门外却空无一人,等她再回身,青尚不见了。杜苓拍了拍自己的脑袋,告诉自己刚刚的一切都是幻觉。但在她准备离开的时候,却在书桌上发现了蔷薇花瓣。

一瓣,一瓣,一瓣,杜苓沿着散落在地的花瓣向图书馆深处走去,她轻轻敲打着书架,用刚刚青尚拉住她的胳膊时敲打她的节奏。书架轻轻地移动成一个可容人侧身进去的空隙。

杜苓来到一扇门前,她推开了这扇门,被眼前的一番景象惊呆了。这果然是一座死城,但是又如此熟悉,杜苓相信,前生,她就在这里生活。

前世的她走到了一座宫殿前,拾级而进,那位名叫青尚的男子躺在床上,旁边的人正在哀哭,一位年纪稍大的老人为杜苓解开了谜团。

蔷薇城是一座不老城,它存在于时空之外的一个空间,他们不能离开这座城,如果他们离开,那么他们就要接受时间的"审判",很快死掉。

那个时候，杜芩是杜芩的前身，她还有一个名字，叫蔷薇，她与青尚是蔷薇城的国王与王后，蔷薇在一次玩耍中莫名消失，青尚试图穿越时空的界限，他制造了防御时间的盔甲。

青尚找到了杜芩，那是一九三四年，战火纷飞，青尚被随从强行拉回。等青尚再次踏入时，杜芩已经死去。青尚知道蔷薇只是进入下一个轮回，于是留了一张字条。可是青尚不知道，在那个时间里，人是不记得前世的！

世事弄人，二〇一四年的杜芩与杜芩、蔷薇重合，青尚情急想要见她，他用自己最后的力气使蔷薇绽放，想要唤起杜芩的回忆。

老人请求杜芩留下来，杜芩拒绝了，她一个人再次回到让时空隔离的那扇门，推开。

依然是那条幽暗的甬道，杜芩不知道走了多久，也不知道流了多少泪。

等杜芩醒来时，黄昏的余光照在桌子上，她的旁边有一名男生正在看书，原来自己做了一个悠长的梦。

那男生看了看她，嘴角一扬说："你到底是醒了，我还以为你要这样昏睡下去。我叫青尚，是新转校来的，请多关照。"说完他站起来，伸出右手，杜芩看到他手里的书赫然写着：蔷薇情事。

> **作者点评：**
>
> 在构思这个开头的时候，我想写的就是一个感情能够跨越时间和空间的故事。现在续写的作者构思了一个从书本的二次元过渡到人生经历的三次元的情节，另外还加上了幻想元素，可以说对文章主旨的把握非常准确，防御"时间"的盔甲这个小细节也很赞，很具有想象力。
>
> ——橘文泠

她住在玻璃的孤岛上

文/戴帽子的鱼 苏浅浅

我与KK初次相遇，是在一辆公交车上。

正是客流高峰期，在永和站下车的人很多，我站在后门边上，像块面团一样被人疯狂挤压。KK本来貌不惊人，沧海中一粟般毫不起眼儿，但是她突然大吼一声："抓小偷！"声音清亮无比，乱糟糟的人流竟然暂时停顿了一会儿，大家都注意到她凛然的表情。而一个瘦小的青年像土拨鼠钻地一样拼命地朝后门挤过去，另一名威猛的中年男子不动声色地逼近她，袖口露出一截刀尖，暗示她不要多管闲事。

KK没有退缩，她手里抱着一本厚厚的书，直接砸到中年男子的脸上，然后冲向瘦小青年，从他口袋里搜出我的钱包，打开一看，里面除了我的身份证和学生证再无其他。她重重地踩了那青年一脚，恶狠狠地问："里面的钱呢？"而那青年看着我，一副倒大霉的懊恼样。

"那个……"我摸摸鼻子，声如蚊蚋，"里面的确没有钱。"

我刚上大学，家里为学费已经焦头烂额，我只能自己打零工赚生活费，过得十分拮据。

KK和我一起把小偷扭送到附近的派出所。我看着大汗淋漓的她，觉得十分不好意思，有心请她吃饭道谢，但是身上又没钱，于是尴尬地

戴帽子的鱼：挚爱十七岁，观察者和悲情浪漫者，喜欢旅行、廉航和换宿，以笔尖写流年。长篇作品有《何必珍珠慰寂寥》等。

站在原地,一阵脸红。

"你是大学生啊?"她眯着眼睛打量我,忽然说,"你需要找兼职吗?"

"当然!"我急忙答应。

KK给我介绍的工作,我做梦也想不到是在她的书店里打工。强调一下,是她的店!她不过个十八岁的小女生,竟然在实验中学附近拥有一家自己的书店。

"我平日经常外出,正好缺个人帮我看店。"她打开紧闭的卷帘门,我吃惊地望向里面,本来以为是苍蝇般的小店,结果这里足足有一百平方米,不仅书柜是玻璃的,墙壁上还用了许多玻璃装饰,这是一间梦幻的玻璃书屋。

在KK的书店工作很轻松,她为人大大咧咧,从不斤斤计较,而且常跑出去,每日回来也不与我核账,仿佛对于我这个她从公交车上捡来的陌生人十分放心。我心里对她感激无比,起先看书店利润不高,很主动地做了一份整改方案,比如不能纵容顾客蹭书看。但是KK翻了几页便打个哈欠,淡淡地说:"无所谓。"我才知道KK对经营不太上心,仿佛书店只是她的一个兴趣爱好,不一定要以此谋利。

大概她家里很富裕?我猜测,可又觉得不是。她平日穿的用的都是便宜货,从没见她买过什么奢侈品。而KK也根本不对我提起她家里的事。她像一阵风,独白穿梭在这个世界之中。

她似一个谜茧,但我不必追究太多,我只需要知道,她是个善良的女孩,值得我对她好。她若生病,我心甘情愿地照顾;她若被欺负,我不假思索地站出来;她若需要帮助,我第一时间伸出援手。

相处久了,我渐渐摸清KK的行踪,就算事情再忙,每周日晚上她一定会出现。店里的玻璃虽然好看,却很容易弄脏。周日晚上,她会认真地一块一块擦干净,一般是先哈一口温暖的热气,然后用抹布慢慢地擦拭。这样打扫完整个书店，通常已耗去大半个晚上。

当她面对玻璃时，我总察觉到她怀着不一样的情愫，仿佛她对玻璃有一种特别深刻的感情。

这一晚，她就直接睡在书店里，从柜台下拖出一张折叠床，摆在书店中央，对我道句"晚安"。等我走出门口，书店的灯也灭了，我在门口悄声祝她有个好梦。第二日我提了豆浆和油条早早来上班，她还睡着，嘴角带着笑，却让我生出一种可怜的感觉。

我们一起擦玻璃的第七个晚上，KK晕倒了。那时，她正站在梯子上，身子一软，忽然向前倒，压着玻璃书柜一起砸到地上，她倒在一地的玻璃碴儿上，血染的样子十分骇人。而随着多米诺骨牌效应，书店里的书柜一个接一个倒下，末日般惨烈。

KK在医院醒来，抿着一根盒装纯牛奶的吸管，面色苍白，看上去像刚产下的白色小猫。

我已经问清始末，她今天下午去献血了，但是没有好好休息，晚上站在木梯上，忽然一阵眩晕。

"玻璃都碎了吗？"她仰着头，很担心地问我。

我艰难地点点头，注意到她的眸子刹那间暗淡无光，便试图转移话题，问她家人的联系方式。

"家人？"她喃喃数次，绽开一个微弱的笑容，很小声地说，"我的家人，就是玻璃。"

我想到书店里遍地的破碎光芒，心猛然抽痛。模糊的泪光里，仿佛看到一座玻璃孤岛上站着一个孤立无援的少女。

"为什么？"

了。

走的时候，KK问了我一个问题："你知道人除了感冒后会流鼻涕，还会在什么时候流鼻涕吗？"我当时说了一大堆乱七八糟的答案，她都说不对。

现在才猛然觉悟，原来是流泪的时候。

怪不得那天KK都没正面对我说话；怪不得她不让我去为她买药；怪不得一向怕黑的她不要我开灯；怪不得她那么喜欢玻璃。原来是因为玻璃的边缘都是光滑或有棱角的，想要靠近并不容易。那么，就只有她一个人在玻璃的孤岛上独自悲伤。玻璃外的世界都与她无关。

早上醒来的时候并没有看到KK眼角有泪痕。她的嘴角挂着一丝美到极致的笑容，我想，昨晚她一定回到了那个花还没有枯萎的时候。

此刻，玻璃世界被天空流泻的颜色映照得无比辉煌，而KK的笑容，把它变成了世界上最美的天堂。

> **作者点评：**
>
> 本来我让KK说自己的家人是玻璃，是想设置一个悬念（在我的构思中KK是试管婴儿，我希望在别人的续写中得到不一样的解答）。但是苏同学续写的部分当中，有意无意地忽略了KK为什么要说这句话，并没有解释。这是我最遗憾的地方。但是苏同学对人物的性格把握得很到位，KK依然是那么一位纤弱却勇敢的少女，为了让人物形象更丰满，苏同学还用身世来解释了KK的性格形成原因，让人更加疼爱这个女孩。我觉得还有一点可惜的地方是，KK和"我"的故事在后半部分太少了，有一种无疾而终的感觉，也许这才是真正的生活吧，萍水相逢却擦肩而过。
>
> ——戴帽子的鱼

意林精品图书推荐

《别来无恙,我的小初恋》

简介:销量超百万作家沈嘉柯暖心力作,陪你一起挥别青春,再出发。
定价:29.80元

《喜欢你这句话,我憋住了整个青春》

简介:数十篇青春伤感故事,带你领略成长、青春、爱恋的阴晴圆缺。
定价:29.80元

《遇见你,就是最对的时候》

简介:青罗扇子、周德东等作家用文字演绎纸上电影。时光远去,我们永远青春。
定价:29.80元

《我记得你说过的每句美好》

简介:独木舟、夏七夕、七微等名家用真挚的笔触探究青春的色彩。
定价:29.80元

《这世间所有的纸短情长》

简介:织梦人张芸欣在深夜为你点一炉青莲之香,寻找渐渐远去的青春与年少。
定价:29.80元

《世界那么大,命中注定遇见你》

简介:每个人都会接触形形色色的人,又会和一些人聚聚散散,马叙说:这些相遇都是命中注定。
定价:29.80元

《我不怀念你,我只怀念有你的往昔》

简介:继《左耳》之后深入骨髓的疼痛青春,每个人都可以在她的故事中找到最原始的自己。
定价:29.80元

《花与巡夜人》

简介:国内一本填色减压故事书,抚触你的心灵,治愈现代人的都市病症。
定价:36.90元

《少年从不等风来》

简介:关于年轻人的追梦故事,他们用自己的特立独行,创造属于自己的天地。
定价:29.80元

《你的人生不需要别人点赞》

简介:大人物从这里起步,成就了丰盛的人生。数百篇故事告诉你成功者的秘密。
定价:29.80元

《逆光飞翔 微芒盛放》

简介:名人的磨难被晾晒成坚强,带给你十八而志的青春励志的正能量。
定价:29.80元

《像明星一样去战斗》

简介:数十位明星的奋斗史。逆袭背后,都是平凡生活中的伟大梦想。
定价:29.80元

《脑洞君,请收下我的膝盖》

简介:理科的严谨与文科的情怀,二者你都能拥有。
定价:28.90元

《我心有猛虎,而你只要一枝蔷薇》

简介:量身为中学生打造的心灵读本!
定价:28.90元

《一生心事只得一人来解》

简介:与名家碰触思想上的火花,快乐成为阅读的领跑学霸。
定价:28.90元

《好男孩上天堂 坏男孩走四方》

简介:毕业于剑桥大学的才子陈叠邀您围观世界名校男神!
定价:29.80元

　　她没有说话。只是静静地将目光投向窗外，看那枫叶在寂静的空中打着旋儿落下。

　　我有些尴尬，我们都沉默了许久。不知道是什么时候睡的，第二天早上醒来的时候太阳已经出来了，这样的天气，去游乐场不错。

　　出院以后，我和KK收拾了一下屋子，我们把剩下的图书像摆地摊儿似的一摞一摞地放在店里。以便宜却不亏本的价格销售，还剩几本KK说不卖了。

　　冬天来了。

　　那薄雾伏在山间，天空飘着一层酱紫色，这样的美丽并没有持续很久。太阳拨开云雾，让寒冷的冬天终归有了一点儿温暖。我穿着白色的羽绒服，像个雪人一样久久站在严寒中，想象着紫罗兰在雪层下面冲我微笑。

　　是的，KK不卖书了，她开了一家店，除了卖花草，只卖金鱼和风铃。有一天，KK对我说："给店换一个名字吧，现在书卖完了，也该改名了。"她说，"就叫'北城以北'吧。"

　　每天早上八点半开门；晚上八点半打烊；不替人送花；卖鱼不卖单；风铃从来都没有黑色的。

　　和以前一样，每周日晚上她都会出现。和以往不同的是，她会带一个防水的盒子，里面装有各种各样的金鱼。不过只有五十条，每周也只卖五十条。

　　后来KK收到了A大学的录取通知书，我才知道，她也在上学。我也另找了份工作。

再次见到KK是在两年后。我在一则新闻上见到了她的身影。也是她在帮一位老奶奶抢回被偷的钱包，不过这次，她没那么幸运，身中数刀。我买了水果和鲜花去探望。

她见到我没有太惊讶，一切的一切，仿佛发生在昨天，画面是那么熟悉，却又那么陌生。我站在病房门前，KK此时像极了一个玻璃岛上的少女，与外界的距离是那么遥远，那么孤独。

半夜。我从梦中惊醒，KK没有入睡，她只是抬头仰望窗外的星空。她一定是想念她的玻璃孤岛了吧。

她说："八岁的时候父亲是警察，在一次破案中被凶手杀死了。那时候，母亲告诉我，只要阳台上那株花开了，他就回来了。可我在很久以后才知道，枯萎的花是不会盛开的。十四岁的时候，母亲的包也被抢，她也是大叫'抓小偷'，可所有的人都无动于衷，一脸茫然地看着她。母亲追着小偷到了一个巷子，我就在巷口转弯处亲眼看见母亲死在他的刀下。而我，什么也做不了。"

那一刻，月光倾泻。我终于借着月光，看清眼前这个住在玻璃孤岛上的少女，她像一面镜子，反射给众人的光是那么强烈，可又有谁知道，一伸手，便碎了一地的悲伤。

KK也许是说给我听，但更多的是说给她自己听。

KK双手抱膝，像一只迷路的小鹿，不知所措。不知道是不是错觉，我恍惚间看到一滴泪从KK的眼角滑下，泛着红光，血一般夺目。

一定是玻璃的孤岛上太冷。

猛然想起以前做兼职帮KK的时候，有一次她回来的时候说自己有点儿不舒服，就睡下了。我有些不放心，便追过去问了问，那时快下班了，天色已晚，房间很暗。KK不让我开灯，她把头转向另一边，叫我把书桌上的抽纸递给她。她说了声"谢谢"，后来就听到她擦鼻涕的声音，我说去给她买点儿药。她说没事，只是感冒了，睡一觉就行